Collection
LITTÉRATURE D'AMÉRIQUE
dirigée par
Gilbert La Rocque

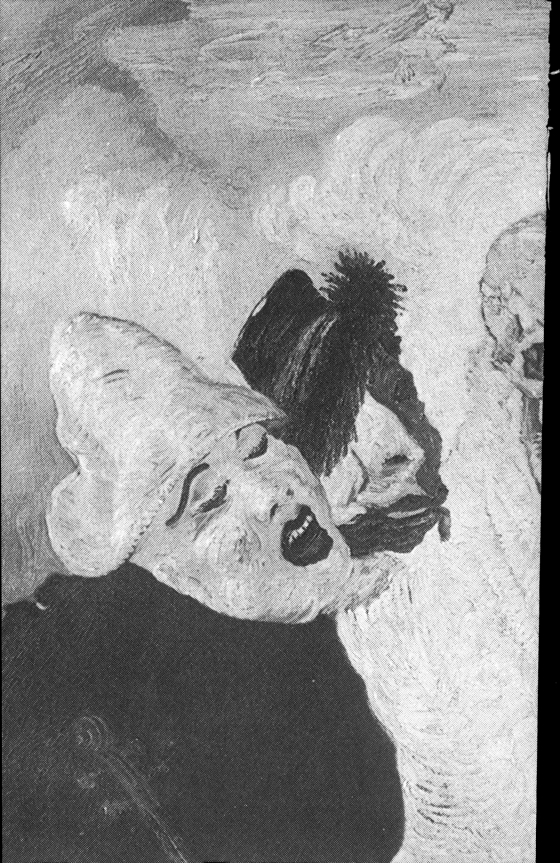

Gilbert LaRocque

LES MASQUES

roman

ÉDITION DU CLUB QUÉBEC LOISIRS INC.
© Avec l'autorisation des ÉDITIONS QUÉBEC/AMÉRIQUE
ISBN 2-89037-032-1

À Murielle

Le soleil va maintenant se lever, aussi clair
Que si aucun malheur n'avait frappé, cette nuit !

Rückert

Kindertotenlieder
(«Chants pour la mort des enfants»)

PREMIÈRE
PARTIE

I

À présent, il était debout sur le trottoir, dans la lumière dure et dévorante du soleil de midi, les tempes battantes, sentant que sa chemise mouillée de sueur lui collait entre les omoplates, regrettant d'être venu, furieux de se retrouver en plein cœur de Montréal par cette journée torride — comme s'il y avait été transporté malgré lui, comme si lui-même n'avait pas conduit en maugréant sur la grand-route, puis sur le pont Jacques-Cartier, puis péniblement à travers les embouteillages de la ville, la grosse American Motor bleu marine qu'il venait de ranger le long du trottoir et qui frémissait et haletait encore derrière lui comme un cheval fourbu — et il pouvait respirer l'haleine fétide qui sortait de sous le capot brûlant, tôles ardentes au-dessus desquelles l'air vacillait tremblotait, et il dit dans sa tête maudite belle journée pour une interview ! Puis il claqua la portière, et de nouveau il se tenait là sur le trottoir, accablé, dans le ruissellement féroce du soleil, comme saisi et figé par la chaleur, avec l'impression de recevoir d'un seul coup toute la rue Saint-Denis en plein visage. Maintenant qu'il y était, il s'agissait de marcher là-dedans, dans cette fournaise furieuse où il se sentait littéralement tomber en jus. Ces journées de grande chaleur lui mettaient dans la tête le souvenir de certaines journées d'autrefois où il avait fait très chaud et dont il parlerait de toute façon dans son livre. Il en parlerait plus tard, mais cela se faisait, s'écrivait déjà, en ce moment même, quelque part au fond de lui. Et tout en marchant il pensait je sais maintenant ce que je vais mettre dans le livre — et c'était autre chose que des souvenirs, ce qu'on appelle ordinairement souvenirs, car il puisait cela dans sa fausse mémoire d'auteur, ou celle du personnage qu'il devenait lui-même sur le papier chaque fois qu'il écrivait *je*, dans l'espèce de vie parallèle qu'il perpétuait dans le grand mensonge de ses écritures.

Il brassait tout cela dans sa tête tandis qu'il marchait dans la rue Saint-Denis. C'était août, la ville fondait quasiment dans l'enfer de ce soleil flambant nu au beau milieu du bleu assassin du ciel en délire, et la rue Saint-Denis c'était comme si elle avait fluviale coulé, asphalte liquéfié entre les trottoirs, rivière noire de poix bouillante dévalant engloutir dans le fin sud de l'île les insignifiances amerloquaines pacotillardes du Vieux Montréal, c'était si vous voulez une sorte de Venise-sur-Enfer avec gondoles et tout et tout, nautoniers à faces molles dégoulinantes de sueur avec le coude à la portière des fumantes Ford, Dodge, Impala, tout ce qu'on peut imaginer, les clinquantes bébelles chromées qui puaient et boucanaient tandis que les tôles et les vitres fessées de plein fouet par la chaleur lumière qui tombait du ciel vibraient et miroitaient terrible... Il y avait tout ça qui grésillait autour de lui, passants passantes on pouvait quasiment trébucher dans leurs odeurs, dessous de bras ça sentait l'axillaire suri ou les foireux sous-vêtements exhalant la subtile fragrance pipi de chat, peaux rissolant dans ce feu impitoyable, et en fait les promeneurs se faisaient relativement rares car de toute façon c'était le moment de dîner de téter tranquillement une bonne bière glacée dans un bistrot quelconque, on se mettait à l'abri comme s'il avait plu à siaux, et seuls les irréductibles de la Saint-Denis circulaient encore, ceux que vous pouviez trouver là à n'importe quelle heure et en n'importe quelle saison, refileurs de petites drogues qui vous offraient à mi-voix le gramme de haschish qu'ils portaient dans leurs joues comme écureuils charriant des noix, cela et plus généralement tout l'ineffable gibier à grosses bottines jaunes, graines d'intellectuels à deux sous, ratés en haillons poursuivant le bad trip de leurs rêves d'artistes empoisonnés, gnangnan gagas tout hébétés dans leur boursouflure et dont l'esprit puait souvent aussi fort que leurs pieds fromagesques fermentant dans les impardonnables bottines, oui cette viande circulait mollement dans cet air suffocant et trop lumineux où il fallait presque s'ouvrir un chemin et où le moindre mouvement devenait un défi au bon sens...

Mais il n'avait pas le choix : il avait accepté cette interview, il fallait y aller... Déjà, il pouvait distinguer au loin, dans le tremblotement de l'air surchauffé, l'enseigne et une partie du vitrage en bow-window du restaurant où ils s'étaient donné rendez-vous, lui et la chroniquetteuse des pages littéraires de la revue *Gazelle* pour madames de tout âge. Il y allait malgré sa profonde horreur des interviews et l'envie qui lui venait de virer de bord, de remonter la côte et de rentrer chez lui pour dormir sous les arbres. Mais en pensant à tout cela il pensait aussi au livre qui se faisait en lui, pensant *je n'étais pas encore vraiment vaincu, non, mais je chancelais pour ainsi dire à l'intérieur de moi-même, j'avais un peu l'impression de m'être subitement desséché et ratatiné comme un pépin dans un vieux fruit, foudroyé mais me tenant ferme et droit debout au bord de la rivière où l'enfant Éric avait disparu, et tandis que cela se passait, tandis que l'incident absurde, burlesque à force d'être tragique, continuait à se dérouler selon sa logique de cauchemar, tandis que les mononcles et les matantes et les cousins et les cousines et toute la sainte parenté houlaient dans mon dos en chuchotant et en se raclant la gorge dans leur attente de la suite (on finirait bien par le remonter avec les gaffes on voyait aussi deux plongeurs de la police dans l'embarcation alors ils voulaient voir ce noyé de huit ans), tandis que cela m'arrivait, le ciel virait au rouge, je me souviens de ce sang qui ruisselait du ciel, ça descendait comme couperet de guillotine sur l'horizon déjà fantasque et fermé, noir, dessinant la rive opposée en ombres chinoises... mais je n'étais pas réellement brisé, même par cela... j'étais plutôt suffoqué, offusqué par la raideur de la situation même, horriblement poigné dans mon angoisse qui subsistait et s'enflait malgré ma certitude que tout était consommé et qu'il n'y avait plus rien à attendre au bord de cette rivière, rien sauf la forme définitive que pourrait prendre ma douleur, c'est-à-dire qu'il y aurait tôt ou tard, selon le coup de dés qui avait été joué dans l'épaisseur même du destin, ce petit corps qu'on allait immanquablement trouver quelque part par là, dans les parages de l'île aux Fesses, dans l'ignoble bouillon de culture, la soupe miasmique de la rivière des Prairies où il avait évidemment sombré avec la chaloupe délabrée de pepére Tobie, alors en attendant je vacillais comme si j'avais reçu un coup de poing en pleine face, tout perdu dans cette exaspérante impression d'être plus grand que nature, debout dans le silence monstrueux qui s'était fait autour de moi malgré les chuchotements du troupeau massé derrière moi et les bruits du soir (le vent léger dans le saule géant de pepére Tobie, le clapotis les borborygmes de la rivière qui imperturbablement coulait, l'espèce de souffle mécanique que faisaient les voitures en passant là-bas sur le boulevard Gouin, et surtout le ronflement sourd de l'embarcation de la police qui descendait vers l'île aux Fesses), seul et infiniment vulnérable au creux de ce silence stupéfait qui en fin de compte émanait de moi-même... mais, à vrai dire, je ne sentais encore rien pour le moment, pas ce qui s'appelle sentir, pas encore ce qui s'appelle seulement souffrir, non, pour le moment j'étais comme gelé raide sur mes jambes, je ne flageolais pas dans la réalité de mon corps — c'est dans le fond de moi-même que j'étais tout branlant, j'étais tout lousse dans moi et je sentais quelque chose me venir comme une envie de vomir ou de me cracher le cœur et l'âme —, debout solide je disais, on aurait cru fiché en terre, piquet de clôture au bord de la rivière nauséabonde qui grouillait rouge sous le ciel mourant comme une tranche de viande, regardant sans réellement la voir l'eau bourbeuse et malodorante coulant vers l'est et emportant avec elle tout ce qui restait de lui, toute la chair de lui qui avait commencé à n'être plus rien — car c'était vraiment la fin, cela je l'avais compris depuis un bon moment déjà, tandis que l'embarcation de la police sillonnait la rivière et que les hommes-grenouilles plongeaient et replongeaient, et voici qu'à présent ils se pressaient pour essayer de le retrouver pendant qu'il faisait encore clair, draguaient dans les algues qu'ils remontaient en paquets chevelus et gluants qui me donnaient des frissons... plus loin, du côté de l'île aux Fesses, c'était là qu'ils étaient partis, à présent la lueur luciole du projecteur avait disparu, ils recherchaient le corps de ce pauvre enfant avec leurs gaffes leurs grappins leurs crochets d'acier bruni allaient-ils mordre dans sa chair vide déserte abandonnée dans sa noyade ah mon Dieu ! — et un instant j'ai eu l'impression que cela allait me sortir par la bouche, ou du moins que j'allais me mettre à crier, ou seulement murmurer son nom, mais je ne disais rien, mes lèvres ne bougeaient même pas, je ne sentais en moi rien d'autre qu'une sorte d'impatience, d'exaspération, une imprécation tranquille qui montait et grossissait comme la fumée d'un feu de dépotoir... (et plus tard je pourrais me rappeler que j'avais perdu contact avec tout ce qui n'était pas l'abomination que j'étais en train de vivre et qui me possédait entièrement, et je me rappellerais aussi que les événements allaient se dérouler ensuite comme dans un sommeil de fièvre avec de brusques réveils haletants, les images se télescopant dans ma tête et s'accumulant là pour toujours, et il y aurait cet homme apparemment surgi tout droit des profondeurs marines, revêtu de la combinaison de caoutchouc noir qu'il fallait porter malgré la chaleur extrême pour plonger dans cette eau fétide où proliféraient les mardes et les maladies les plus extraordinaires, cet homme enjambant le bord de l'embarcation et marchant sur la grève pourrie avec un enfant en chandail rouge et blanc dans les bras, ou plus exactement le corps de cet enfant tout mou et ballottant, puis il y aurait la course folle à quatre-vingts milles à l'heure sur le boulevard Gouin dans l'effarement des lampadaires et les croches les virages où la voiture dérapait comme si j'avais voulu culbuter dans le décor pour me vider de tout même de mon sang, puis ce serait Anne dans les frissons électriques de ses nerfs Anne la voilà pâmée avec son grand rire d'horreur elle capotait chavirait folle dans sa tête malade parce que je ne lui ramenais pas son enfant — bien que le juge eût dit auparavant* vous en aurez la garde madame *et elle avait demandé* toujours ? *et il avait dit* oui toujours mais le père pourra

venir le chercher le samedi —, *puis il y aurait toutes les rues*
de cette nuit d'août où j'allais marcher au hasard, à peu près
comateux, sentant que j'allais me réveiller de cela, ou qu'en moi
quelque chose allait se dresser et prendre forme).

Sans trop s'en rendre compte, il était entré dans le
restaurant. Un moment, il dut s'arrêter, tout ébloui
dans la pénombre tiède, ayant encore dans les yeux
l'éclaboussement de lumière du trottoir brûlant, des
couleurs trop vives et papillotantes des vêtements, des
voitures et des vitrines... Le temps d'habituer ses
yeux... Et lorsqu'il fut de nouveau capable de voir clair,
il s'avança entre les tables, parmi les dîneurs, mâchoires
clapant fort au-dessus des assiettes. Un garçon se
présenta pour lui dire que c'était complet, mais il l'avait
aperçue là-bas (elle la journaliste mafflue, sa large face
blême telle qu'elle apparaissait dans la revue *Gazelle* et à
la télévision oui c'était bien elle), il pouvait la voir entre
les têtes des mangeurs, adossée au mur de stuc, camuse
et vaguement extraterrestre, grotesque avec sa face de
lunule, elle lui faisait des signes de la main. Il contourna
le garçon avec un sourire forcé et s'approcha de la table
où la grosse femme blondasse à cheveux plats s'était
levée et lui tendait la main se présentait Véronique
Flibotte et tout le tralala sa chronique à la revue *Gazelle*
(elle pouvait bien se la planter quelque part, pensait-il,
sa chronique et la machine pour l'écrire avec, et tout le
bataclan de sa pisseuse revue oui il devait y avoir dans
son gros cul de la place pour), et elle disait la bouche en
cœur merci beaucoup de vous être dérangé pour venir à
notre rendez-vous on va faire une petite interview bien
cool vous allez voir que ça va aller tout seul j'espère que
vous n'avez pas dîné ah! quelle chaleur c'est insupportable comment faites-vous pour écrire quand il fait si
chaud vous prendriez bien une bonne bière froide n'est-
ce pas garçon eh garçon on va commander tout de suite
faut pas se priver c'est le magazine qui paie hihihi! riant
sotte obèse tandis qu'il commandait une Cinquante et

qu'il essayait déjà de l'oublier, de faire comme si elle n'avait pas été là, juste devant lui, grasse et molle, lunaire dans sa face, bouffissure je n'aurais pas dû venir...

— Je trouve cela tout simplement fascinant, crut-il l'entendre dire. Puis elle ajouta : mais le passé de vos personnages reste parfois un peu mystérieux... Dans vos romans, on ne sait pas toujours les influences qui ont joué dans l'enfance de vos personnages...

La bière était glacée et passait dans la bouche comme une lame, c'était bon... Il répondit quelque chose en essayant de se concentrer sur cette interview qui, décidément, s'annonçait très mal. Il n'y avait pas de place pour cela dans sa tête. En fait, pendant qu'il écoutait malgré lui pérorer la Flibotte, il avait l'impression de ne même pas savoir ce que c'était, qu'un personnage de roman — un peu comme cela s'était produit une couple d'années plus tôt, cet après-midi où il avait sottement accepté de dîner devant les caméras de la télévision avec quelques lecteurs mandatés par un recherchiste ou un réalisateur avec mission de le questionner pour le discutable bénéfice des téléspectateurs, bombardé de questions stupides tandis que tournaient absurdement les caméras, la tête tout amollie par les apéritifs et le vin et le digestif, répondant comme par réflexe et en fait disant n'importe quoi pour se débarrasser et faire que ça finisse au plus sacrant —, il sentait bien que la même situation risquait de se reproduire, détestant autant les interviews que les séances chez le dentiste mais tout de même obligé jusqu'à un certain point de jouer le jeu...

Il commanda une deuxième bière, puis on apporta les rognons sauce moutarde qu'il ne se rappelait même pas avoir demandés. C'était au moins une sorte de répit, une trêve, car il n'allait tout de même pas parler la bouche pleine, elle ne pourrait pas décemment exiger cela de lui, et alors ce serait l'accalmie durant laquelle il pourrait penser vite pour répondre d'avance à toutes les questions encore informulées mais qu'il sentait venir comme on sent prendre un mal de tête...

— Mais vous ne m'avez toujours pas dit pourquoi vous ne parlez pas plus souvent du passé de vos personnages, fit-elle entre deux bouchées, en tournant sa feuille et en décapuchonnant de nouveau son stylo.

Bon, pas d'armistice, ça reprenait subito, il fallait parler comme ça entre deux rognons, comme on rote, pas même le temps de mastiquer, tout dire au fur et à mesure qu'on pense — mais justement il ne pensait rien... Et il ne pouvait quand même pas lui dire tout sec, brûle-pourpoint ou ce que vous voudrez, en pleine face lui souffler qu'en ce moment — et bien souvent — il ne voyait pas tellement de différence entre les personnages et lui-même... Qu'en ce moment, à l'instant où il parlait, il était en réalité sous l'emprise de ce roman qui voulait sortir de lui mais qui avait besoin de fermenter encore, de se malaxer dans sa tête et dans son cœur, pas prêt à naître tout de suite mais poussant déjà joliment sur les sphincters d'en haut... Impression qu'il était aspiré par quelque chose de liquide où il se surprenait — parfois la nuit il se réveillait en criant — à se débattre : non pour s'en arracher, à supposer que cela eût été nécessaire, mais pour s'y insérer intégralement, dans cette multitude, cette multiplicité de vies et d'images comme inventées... Il ne pouvait, ou ne voulait, pas dire qu'il était lui-même embryon de personnage à cet instant précis où elle susurrait ses questions idiotes dans le fond de ce restaurant de la rue Saint-Denis... Il le dirait plus tard, autrement, entre le silence de la page blanche et le crépitement de la machine à écrire — tout cela figurerait dans le mensonge superbe de l'écriture, comme si cela était, avait été, un morceau de sa propre réalité...

Et sans que ça paraisse trop, subreptice et quand même attentif de tout son masque, ne prêtant que la surface de son attention aux coassements de l'épaisse journaliste — batracienne ô la grenouille qu'elle doit être dans l'étreinte! —, il pensait la rivière qui coulait d'un bout à l'autre de ce roman à écrire, ou le personnage en lui et par lui et à travers lui pensait la rivière... Ou c'était vraiment lui.., Comment savoir ? Il vient toujours un point où il est bien difficile de démêler les identités, la vraie et la fabriquée, l'écrite et la vécue, masque et face, costume et peau... Mais il savait qu'à la longue le temps vous arrange si bien vos brochettes de souvenirs, vous obture si adroitement la vue et maquille si théâtralement la vieille réalité qu'il n'en reste plus grand-chose : rien de plus qu'un acte de foi, à croire que tout s'était bien passé comme vous vous en souvenez, que ça vous est bien arrivé à vous, ailleurs que dans votre tête (que votre cœur battait pour vrai et que vos yeux ont vu tout ce que vous dites avoir vu et que vos oreilles ont entendu toutes les musiques et toutes les voix encore si vivantes en vous et que vos lèvres ont réellement embrassé les lèvres dont vous vous souvenez jusqu'à la douleur — que votre corps a été autre chose qu'un corps étranger, ce corps évanescent, cet ectoplasme de vous-même flottant à l'intérieur de vous, dans le grand kaléidoscope que vous faites tourner pour vous fasciner et vous faire plaisir et vous aimer comme vous n'êtes pas et n'avez jamais été...). Il savait qu'en ce moment même il était habité par cela, sans trop savoir à qui appartenaient les drôles de souvenirs qu'il remuait comme s'ils avaient été siens — il savait bien qu'à l'instant précis où il se serait sérieusement interrogé, le charme aurait été rompu, qu'il serait retombé sur ses pattes mais en se cassant le cou, face à la réalité plate du quotidien qui ne se laissait pas écrire pour lui-même, de sorte qu'il se serait retrouvé nu et faible encore une fois devant ce calvaire de tout recommencer, de tout transfigurer pour que cela vaille la peine de se dire et de se transmettre...

N'écoutant pas vraiment et d'ailleurs l'entendant à peine parler et pensant la rivière sale, toute la boue charriée dès la source, il dit :

— Tous les personnages de mes romans ? L'enfance de tous mes personnages ?

C'était insensé, il le savait, mais il ne pouvait s'empêcher de dire cela car il percevait, au-delà de cette prétention à tout savoir, derrière cette indiscrétion au troisième degré, une sorte d'impudeur fondamentale qui l'agaçait prodigieusement, un viol sublimé qu'il n'arrivait pas à comprendre et encore moins à admettre... (Vouloir lui arracher comme ça d'un seul coup, comme s'il s'agissait de vulgaires amygdales, les innombrables genèses de lui, les multiples noms de ce qu'il aurait pu être et avait d'ailleurs sans doute été d'une façon ou d'une autre, tout son innommé aussi, les indéchiffrables existences qui étaient nées, avaient vécu et étaient peut-être mortes au fin fond de lui sans même qu'il le sache — ce qui s'appelle savoir —, vouloir lui soutirer béotienne la suprême loi de la gestation à ne pas dire ! délire de journaliste ! mégalomane de l'interview je pensais, fouinage jusque dans mes recoins les plus intimes, jusque dans mes dessous pas montrable ça ne lui faisait pas peur ! Et de toute façon quoi répondre ? Comme si les personnages avaient besoin d'autre chose que ce que leur création leur laisse — et c'est bien assez, quand ce n'est pas franchement trop !)

Le restaurant se vidait peu à peu. Les gens rentraient à leur travail. Ne restaient plus, ici et là, que quelques couples, plus quatre ou cinq types qui se donnaient un mal de chien pour avoir l'air d'artistes ou d'intellectuels, conformistes de droite, de gauche et de tous les bords, travestis de la grande libération pour rire qui hantaient et écumaient jour et nuit la rue Saint-

Denis avec leurs airs de purs et d'authentiques, et dans
la touffeur irritante de cet après-midi ils figuraient là,
dans le restaurant, comme dans quelque film débile où
ils passaient leur vie à jouer un rôle à deux sous, faisant
semblant d'être pour vrai quelqu'un ou quelque chose,
ils se fatiguaient à ne rien faire, inutiles et agités,
roulant de fines cigarettes de leurs doigts jaunis et
murmurant d'un air inspiré des théories poussiéreuses
qui allaient tout régler, c'était toujours tordant de les
entendre susurrer des morceaux mal digérés de leurs
maîtres à penser, Marx et Lénine à la gomme balloune,
les syndicats les travailleurs les prolétaires attention les
chiens riches nous aurons votre peau ! y allant de leurs
petites tirades bien vaselinées godemichettes pour qui
voulait se les planter sans douleur, stéréotypes ça leur
venait aux lèvres, rengaines qui ne veulent plus rien
dire à force d'usure et de salissure... Mais il ne les
écoutait pas vraiment, il les regardait et sans avoir
besoin de les entendre il pouvait savoir ou du moins
imaginer ce qu'ils disaient, tandis que la Flibotte
jacassait infatigablement et qu'à la table voisine on
commençait à s'agiter, à se donner des coups de coude
et à lui faire des yeux méchants en le regardant les
regarder... De toute façon, il en avait assez... Il faisait
chaud dans son collet pourtant large ouvert, son jeans
lui collait aux cuisses et il ne pouvait s'empêcher de
penser aux cuisses d'Anne aux seins de Louise et à tout
ce qui lui restait à faire surgir pour que cela vive hors de
lui... Il y avait aussi toutes les femmes réelles ou fictives
qu'il lui semblait avoir connues autrefois et dont il
évoquait l'image ou le souvenir et qui pesaient sur sa
poitrine la nuit : parfois il lui arrivait de se réveiller sans
trop savoir, de se débattre quelques instants entre rêve
et réalité sans pouvoir dire de quel côté du décor il se
trouvait, scène ou coulisse (tout l'ineffable plaisir de
jouer les deus ex machina faire surgir les personnages,
masques et bergamasques parés pour les saltarelles,
décors de carton plantés dans la grande lumière des

spots, les surprises fleurs et p'tits oiseaux comme on veut, vents et pluies Zeus le père de toutes choses le terrible manieur de tonnerre)...

Le soleil descendait ouest à présent. Il pouvait voir ça par le vitrage à petits carreaux du restaurant, ce soleil gigantesque qui fouettait furieusement la rue qui ondulait littéralement comme une tôle sous la torche à souder... Passants alanguis, mollasses et se traînant interminablement dans son champ de vision, veules dans l'espèce de cuisson de cet après-midi de feu, la nuque cassée ou prise en étau, nageant dans leur sauce, aveuglés par les chromes et les vitres, aspirant en grimaçant l'air toxique qui leur brûlait les poumons un peu plus que d'habitude... Et déjà cela frappait dans le restaurant même, par le vitrage de larges pans de lumière jaune où des chevelures folles faisaient des halos... Chaleur il aurait fait si bon à la campagne, la pergola, sous les feuillages qui sentent vert ne rien faire du tout, respirer seulement et écouter battre son cœur, prodigieusement vivant et porteur de cette étrange joie de savoir qu'il suffira d'un geste pour susciter de la vie, pour mettre au monde les créatures encore toutes chaudes qu'il portait dans le fond de lui...

— Parce que vous n'êtes pas toujours très facile à comprendre, dit-elle sans le regarder en face. Des fois, votre style... votre façon d'écrire n'est pas très... conventionnelle...

— C'est comme ça, fit-il en retenant à grand-peine un haussement d'épaules. On écrit comme on sent... Pas mon problème... Ceux qui sont pas contents, qu'ils lisent du Guy des Cars ou des grands prix littéraires...

Ce n'était pas de la mauvaise volonté, non : il avait même l'impression de fournir un effort considérable pour faire que cela, l'interview et tout le tralala, ne

tourne pas court... Il voulait bien, penserait-il plus tard,
parler des origines, des grands commencements, de la
source profonde de toutes choses, tous les ronflements
que vous voudrez, tous les gargarismes pour intellectuels à la petite semaine... Mais il y avait la rivière —
il pensait ou se rappelait la rivière, et aussi toutes sortes
d'histoires d'aimer que quelque chose en lui avait
vécues si intensément qu'il se demandait parfois s'il ne
s'agissait pas de véritables souvenirs provenant de sa
mémoire, et il croyait se rappeler des jours et des nuits
où il avait dit je t'aime et où il s'était empli les yeux et le
cœur de son image dont le seul souvenir (ou la seule
pensée) le faisait presque pleurer (*et tandis qu'elle faisait sa
valise et que je la regardais je voulais lui dire fais pas ça Anne reste
avec moi je voulais lui crier prends-moi avec toi et mets-moi avec tes
affaires emporte-moi comme une vieille paire de bas je ne bougerai
plus je ne parlerai plus je ne respirerai même pas je me ferai oublier
je veux seulement t'aimer si fort que je vais disparaître pour vrai
virer fou dans une sorte de vapeur de moi oh oui me sublimer pour
que tu me respires et me fasses toi !*), il pensait l'histoire de
cette rivière, la forme de cette histoire qui allait avoir la
forme de la rivière, et les multiples plans, les innombrables facettes de cette histoire se juxtaposaient
bellement dans sa tête et même se superposaient, car à
vrai dire c'était la même chose ou du moins il les
percevait comme un tout, la rivière et le livre, la même
chose, le même écoulement, comme la vieille vie vécue
serpentant rigoles derrière soi, semblables les méandres,
mêmes salissures mêmes alluvions innommables, oui
comme coule la vie, vieux cliché pensait-il en essayant
d'écouter et de penser à autre chose, ah oui la vie fuyant
et s'écoulant comme un roman-fleuve, un livre-rivière,
avec sa source, son ventre et sa dilution terminale,
remonter à l'origine, en voir la naissance, lacustre ou
griffon, hydre ça coule... Autre chose, en tout cas, que
l'enfance des personnages dont parlait la journalâtre
qui avait l'air de ne s'apercevoir de rien et qui jacassait à
perdre haleine...

— Et puis, vous êtes pas obligés de tout comprendre, dit-il. La plupart des lecteurs savent même pas lire...

Tout en pensant la rivière et tout en donnant la réplique à la journaliste, il pensait aussi, comme dans une deuxième tête (celle qui porte sans doute le second visage, le faux visage grimaçant masque de bois capable en ricanant de regarder les haches rougies sur le poitrail du père Brébeuf et le crâne fendu du père Lallemant), que ce verbiage était parfaitement insignifiant et n'apportait rien ni à lui, ni à elle, ni surtout aux pauvres lecteurs qui allaient tomber sur l'article qu'elle préparerait concocterait à l'aide des ingrédients pourris qu'il était en train de lui servir... La belle affaire ! Perdre tout ce temps à ne pas lui dire qu'elle le faisait chier avec cet infect charabia qui ne rimait à rien, gagagagas et guiliguilis pour demeurés, oyez les mots de fer-blanc dingdinguer brinquebaler d'un bord à l'autre de nos vastes têtes de mongoliens !... Rien de tout cela n'avait la moindre importance, se disait-il, conscient soudain de sa mauvaise volonté, sachant fort bien qu'il outrepassait les limites qu'il avait au départ fixées à son écœurement... Mais il faisait si chaud, elle était si imbécile, et surtout il y avait cet énorme déboulement dans sa tête, cet utérin gonflement qui contenait des richesses pépites et gemmes sur lesquelles il avait hâte de mettre la main (cela se ferait bientôt, il y aurait la page blanche et le clavier vert de la machine à écrire, et tout se jouerait là, dans l'espace vide et flou où il lâcherait les mots qui lui donneraient forme et vie, amour et passion, mort et haine, oui une genèse nouvelle dans la magie de construire avec du vent, avec le seul souffle de la voix qui s'exhale et se retient pour mieux se fixer — il y aurait le Verbe, éclairs et coups d'ailes d'Élohims, Sepiroth embouchant bugles et buccins pour faire que cela soit, le moment resplendissant et ultime de l'impératif absolu, l'esprit ou les Esprits qui planent sur les eaux du non-créé où tout est encore possible)...

Il n'y pouvait rien, il n'était plus entièrement lui-même — c'est-à-dire celui de tous les jours, cette identité qu'il reconnaissait pour sienne par la seule force de l'habitude et même des perceptions que les autres avaient de lui et qu'ils lui avaient transmises... Le livre mûrissait en lui ; il se savait visité, habité par autre chose, toujours lui-même mais en même temps un peu plus que cela, ou une multitude d'existences qui se raccordaient mystérieusement à la sienne et qui la prolongeaient en quelque sorte : une imminence de personnages nageant en lui comme têtards dans une eau noire... Déjà, bien longtemps avant qu'il n'aille s'asseoir dans ce restaurant (comme de tout temps, comme si la matière même de sa création avait été dans les origines charriée dans le sang de ses géniteurs et de leurs pères et de leurs grands-pères, comme si les mots qui allaient le dire ne marquaient en réalité que l'aboutissement, la fixation plus ou moins définitive d'un processus pour ainsi dire vital, d'un Verbe qu'autrefois ils n'avaient pas su proférer et que la bouche poignardée de ses ancêtres avait patiemment contenu à travers les impératifs de la survivance, les grands murmures jamais dits qui avaient en s'enflant traversé les âges pour venir exploser dans le fond de son âme, ce qui avait souffert dans les bois ou dans les friches, dans la liberté comme dans la servitude, les héroïsmes obscurs d'essoucheurs et de porteurs de canots, de buveurs de bière traînant le boulet de leur ignorance, oui c'était un peu cet héritage qui lui était parvenu, qui avait fermenté et germé en lui à son insu et qui lui descendait de la tête aux doigts comme décharges électriques chaque fois qu'il s'installait devant la machine à écrire), bien avant cette journée tout avait secrètement commencé... Cela se faisait déjà, cela bouillonnait comme en éprouvette, milieu de culture, animalcules grouillant ça prolifère, ah oui le temps était venu... Tout s'accomplirait à son heure, comme malgré... En fait, il savait que ça n'aurait pris, en ce moment, qu'un petit sursaut de sa volonté pour que tout lui échappe, pour qu'il perde le contrôle et que par les vannes ouvertes les mots jaillissent de lui comme une trombe, que sa création s'écoule de lui telle une éjaculation qu'on ne peut plus retenir...

Il pensait à cela, pensant qu'il aurait mieux valu qu'elle ne soit pas si sotte, ou simplement qu'elle ne soit pas là, assise grosse et laide en face de lui, en train de consigner dans son petit carnet les paroles qu'elle lui avait à vrai dire arrachées et qu'il n'avait d'ailleurs laissées partir que comme des crachats péniblement raclés dans sa poitrine... Mais à tout prendre l'interview se déroulait dans les meilleures conditions, apparemment la plus exquise politesse, voix feutrées, discrets tintements d'ustensiles dans ce restaurant qui, décidément, virait fournaise... Il était bientôt trois heures et, dehors, le jour vacillait dans cette lumière qui vous creusait les yeux et vous taraudait la tête, une lumière qui se respirait pour ainsi dire et qui vous flambait tout l'intérieur du corps... Les derniers clients avaient déserté les tables près des grands vitrages, pour se réfugier dans la relative fraîcheur qui régnait dans la pénombre du fond de l'établissement... Le silence allait bientôt se faire, ce serait l'heure creuse qui précède le souper — il n'y avait plus qu'un murmure assourdi, une fille riait, tintements le garçon (est-ce une pédale?) desservait une table, et encore le petit rire de cette fille et il vit le type penché vers elle et à l'oreille subreptice lui murmurant des choses et il pensa cochons ils sont absolument cochons ah les filles qu'on taponne en tapinois ah son doigt dans son entrejambes ça bâille baveux parmi les jupes ça flicflaque l'huître sous la table frottements ça suinte ah la nappe complice!

Et soudain, il eut envie de se lever et de foutre le camp. Aussi sec. L'affaire de quelques secondes: repousser sa chaise, se mettre sur ses jambes et, sans même la regarder, traverser le restaurant et sortir dans l'espèce de fusion qui ruisselait dans la rue Saint-Denis... Un moment, il crut qu'il allait le faire, il sentit même que ses jambes bougeaient pour le faire... Mais il restait assis à sa place, tournant entre ses doigts une pochette d'allumettes qui appartenait à la journaliste... Cette situation était absurde... Je compte jusqu'à dix puis je me lève, pensa-t-il en croyant se rappeler que dès le début de cet entretien la situation avait commencé à lui échapper... L'air était lourd, stagnant, comme imprégné des souffles ignobles des gros mangeurs qui étaient passés par là... Il avait l'impression que tout ce qui lui restait de propre et de sain allait se souiller irrémédiablement dans cette atmosphère gluante, il se sentait partir par le fond de lui comme par le trou d'un évier...

— Et le côté sexuel dans vos romans? ronronna-t-elle avec un sourire ambigu... Il y a des choses que j'aimerais savoir...

— Mais non, dit-il, mais non, vous savez bien que je ne parle jamais de cul dans les restaurants...

Bien sûr, décontenancée elle le regardait avec des yeux grands comme ça — puis il s'aperçut qu'il avait sans doute parlé trop fort, car presque tout le monde s'était tourné vers lui, on le détaillait vrai, voir qui proférait, l'abominable qui en plein restaurant... (à présent le type s'était arrêté de parler à l'oreille de la fille; elle ne riait plus, trêve de l'empoignade par-dessous, entrejambes sage pour le moment, elle regardait de leur côté en se passant la langue sur les lèvres) et la journaliste ne savait plus très bien comment sauver la face si on pouvait dire face à sueurs glauques perlant sur la grasse peau rousselée la sainte face que pas une Véronique n'aurait pu essuyer de son voile et encore moins en conserver les traits baveux sans y laisser jusqu'à la trame de son lin ah c'est trop ah je ne suis plus capable il faut que je sacre mon camp!...

Vu de la maison de pepére Tobie, écrirait-il peut-être plus tard, *je devais faire un drôle d'effet, découpé silhouette sur le ciel rouge, raide comme un bout de branche planté dans la terre à coups de marteau (j'étais immobile parfaitement je regardais c'est-à-dire que mes yeux voyaient le canot à moteur qui bougeait lentement à la surface de la rivière où tout le sang du ciel tremblait), et personne n'osait plus m'approcher, ah je savais bien qu'ils étaient tous là, je les sentais dans mon dos, leurs yeux sur ma nuque, guettant cauteleux le moment où la douleur allait jaillir de moi comme une fontaine, pour enfin me consoler dans leurs bras me serrer m'essorer de toutes mes larmes non ! je savais qu'ils attendaient la même chose que moi, le même arrêt implacable qui signifierait la fin de tout, et je savais aussi que comme moi, un peu à ma manière, ils jouaient encore à espérer le long et le large de l'impossible, l'impensable prodige auquel pourtant je pensais (une chaloupe arrivant soudain pout ! pout ! le petit moteur, pétarades joyeuses, il y aurait des visages souriants je pourrais distinguer son chandail rayé rouge et blanc entre le bras et le flanc de l'homme qui me le ramène et voilà qu'il se lève l'enfant vivant gesticule dans le soleil qui achève de mourir ses cheveux bougent dans le vent du soir le cauchemar est terminé oui monsieur on l'a trouvé de l'autre côté de l'île ouioui l'île aux Fesses pardonnez-moi mesdames mais c'est comme ça que ça s'appelle ah le p'tit garnement va vite retrouver ton père le voyez-vous il est si beau il a tout son sang dans ses joues parce qu'il court et que), mais je savais en même temps qu'il s'agissait là de quelque chose qui ne pourrait plus jamais se produire, cela avait basculé déboulé de l'autre côté du réel, rien n'était plus rattrapable, c'était à présent la terrible noirceur de l'impossible, tout se précipitait et me tombait dessus, je sentais venir le moment de la confrontation définitive avec la réalité sauvage à vous griffer le cœur — et ils attendaient avec moi, à quelques pas derrière moi j'ai dit, la poitrine sans doute creuse comme la mienne, et ils me laissaient seul comme je l'avais voulu, seul avec ce qui commençait lentement à se réveiller en moi, le désespoir et la rage, ou plutôt autre chose, un malaise encore indéfinissable, un peu un sentiment d'impuissance avec ses envies de mordre, l'horreur de l'irréparable, la consternation presque mortelle devant cette assurance que tout était bien fini, que c'en était fait soudain des ultimes réserves d'amour que je portais*

encore en moi, cette brutale constatation qu'il ne me restait plus rien
et que j'avais passé au travers de l'amour sans même avoir eu le
temps de le reconnaître, car cela allait m'être rendu tout déchiré,
cette chair enfant qui autrefois avait été des bras autour de mon cou
et un visage qui souriait, cela allait me revenir dans l'embarcation
de la police comme un paquet de varechs fumants et immondes : je
comprenais qu'il ne m'en resterait, qu'il ne m'en restait à ce moment
même rien de plus qu'une image qui avait encore des couleurs
insolentes de carte postale mais qui ne tarderait pas, avec l'usure du
temps et des autres douleurs qui viendraient la recouvrir, à se pâlir
et à passer, jusqu'à ne laisser qu'un vestige flou, un souvenir qui
demeurerait encore tout un temps poignant et douloureux, bien sûr,
mais qui se résorberait finalement et se retirerait dans les lointains
du cœur, imprégné de douceur et de sérénité comme un beau paysage
vu de loin dans la buée du soir — mais juste à ce moment, juste au
moment où je me tenais sur la rive, à demi assommé par ce que
j'arrivais tout de même à comprendre, à ce moment je ne pensais pas
exactement cela, à vrai dire ma tête ne fonctionnait pas trop bien,
c'était comme si le temps même s'était figé en un bloc dense et opaque
qui me paraissait détaché du reste — de ce qui avait été ma vie et du
mouvement qu'elle avait poursuivi en durant jusqu'à présent —,
comme si les heures et les secondes avaient subitement cessé de passer
sur moi, comme si tout le reste, les autres qui piétinaient bétail
derrière moi et, plus généralement, l'ensemble des femmes et des
hommes qui peuplaient la planète, et la terre elle-même et tout
l'incommensurable de l'univers, comme si cela avait continué sans
moi, sans moi et sans ce fragment de ma durée que la souffrance
semblait avoir vitrifié sur le coup, me sentant devenu dérisoirement
une sorte de point de référence par rapport auquel n'importe quelle
durée allait pouvoir s'évaluer et se chiffrer, presque capable déjà de
pressentir que plus tard — même longtemps après — je m'achar-
nerais en râlant à reconstituer dans toute sa logique atroce la scène
que je n'avais pas besoin d'avoir vue mais qui ne cesserait jamais
de se répéter jusqu'à la nausée dans mon cinéma intérieur (Éric
le pauvre enfant sentant la chaloupe qui chavirait ne put que fermer
les yeux son cri de détresse l'étonnement sauvage de se sentir brusquement mourir étouffé par l'eau sale de la rivière ça s'engouf-
frait bouillons immondes dans sa bouche toutes les cloches du monde

lui tintaient aux oreilles en un seul coup il perdait lumière il ne
sentait même pas qu'il se renversait dans l'eau et qu'il coulait à
pic puis que ses pieds s'enfonçaient dans la boue infâme du fond puis
qu'il remontait et arrachait de grosses poignées d'eau avec ses mains
frénétiques puis qu'avec un gargouillement il s'enfonçait de nouveau
et pour de bon tandis que son chandail blanc à rayures rouges
bougeait comme une fleur dans l'eau c'était la fin son visage
descendait derrière cette surface agitée et se troublait non seulement
de sa mort mais aussi de tout ce qui au même moment avait
commencé de se refermer sur lui), puis j'ai entendu la tante
Philomène qui chuchotait derrière moi et il y avait la toux éternelle
de l'oncle Jean-Louis flageolant et comme par miracle encore debout
malgré les trous de ses poumons ravagés, puis quelqu'un a dit ils
l'ont *et ça bougeait derrière moi et à ce moment, exactement à ce*
moment, j'ai compris que j'étais bien éveillé et que cela commençait à
m'arriver pour vrai et que ça allait faire mal jusqu'au trognon car
je les voyais là-bas sur l'eau noire, sous le ciel où la nuit s'était
crevée pleine d'étoiles je pouvais les voir comme une bête fantastique
un inquiétant hybride avec son œil de feu qui se balançait et
s'avançait doucement vers nous dans le grondement de son moteur, et
sous les étoiles, dans la grande réverbération molle de la nuit
bleutée, on pouvait voir qu'ils tenaient quelque chose, et bientôt la
lumière du projecteur de jardin qui éclairait le saule géant sous
lequel somnolait le vieux pepère Tobie fut sur eux et on voyait très
bien l'embarcation et les hommes-grenouilles et cela allait accoster,
mon frère Germain était sur la petite estacade pour prendre
l'amarre mais je ne voyais pas vraiment cela car il y avait sur les
genoux d'un de ces hommes une forme pas exactement méconnaissable — comme si elle avait séjourné plusieurs jours dans l'eau
— non, mais quelque chose qu'il allait bien falloir regarder et
nommer, et qui pour le moment ressemblait vaguement à un paquet
de chiffons rouge et blanc...

Et brusquement il se leva, c'est-à-dire qu'il s'aperçut
soudain qu'il était en train de se lever, qu'il était debout,
les cuisses contre la table, la chaise dans les jarrets, dur
et raide, s'était levé tellement vite qu'il marquait le
temps et pédalait pour rattraper le geste dans sa tête où

il était toujours assis... De nouveau, on le regardait, la journaliste ne trouvait plus rien à dire... Immobilité et silence — un tranchant de seconde à peine... La lumière violente du soleil tombait sur les tables désertées près du vitrage, c'était si chaud qu'on pouvait se demander comment il se faisait qu'elles ne prenaient pas feu tout simplement, combustion spontanée on aurait dit, et en un éclair il vit les saints consumés par un excès d'amour pour leur Divin Maître et partant fumée, ou quelque poète maudit et maudissant et jamais lavé tellement suiffeux sale qu'une nuit il avait pris feu dans son sommeil, combustion spontanée toujours... Et à présent il contournait sa chaise, vaguement conscient de marmonner un genre d'excuse à l'intention de la journaliste, la Flibotte qui levait vers lui une face plate et molle comme un brie...

— S'cusez... Vais aux toilettes...

Et l'instant d'après il marchait entre les tables, essayant d'oublier qu'on le regardait, s'efforçant de marcher naturellement comme on peut marcher quand on est sûr que personne ne nous observe... Maladresse des bras et des jambes quand ça vous prend, plus de synchronisme vous marchez comme un canard... Tête bourdonnante, ne pensant à rien ou en tout cas seulement attentif à marcher droit, très conscient du fait qu'on le suivait des yeux, supposant même qu'ils se chuchotaient des choses à l'oreille, peut-être ricanant sous cape, de quoi virer paranoïaque à force, il se disait ça mais sans réellement parvenir à y accrocher solidement sa pensée qui flottait — il sentait qu'elle flottait — derrière lui comme un drapeau mouillé, et sans le savoir vraiment, comme par le jeu d'un tic, il se répétait foutre le camp d'ici foutre le camp d'ici et aller écrire le livre au lieu de perdre mon temps avec cette grosse plotte surtout ne pas trébucher ne pas m'étendre gueule par terre devant tout le monde — puis atteignant enfin la porte des toilettes et en un éclair s'y enfermant...

Il poussa le verrou et, un instant, il fut obligé de s'appuyer de la main au chambranle de la porte. C'était la chaleur, bien sûr, et ce vin et ces maudits rognons qui lui restaient sur l'estomac... Il avait des renvois acides qui lui cuisaient l'œsophage, non non il ne fallait surtout pas que son repas lui remonte dans... Non, en fait, il n'avait absolument pas envie de vomir... Trop chaud tout bonnement, contrariété, les nerfs ça lui avait noué l'estomac... Voilà... Un petit étourdissement, ça passait déjà... De toute façon, il n'était pas venu pour rien aux toilettes... Il n'avait qu'à imaginer la grosse femme qui l'attendait de l'autre côté de la porte, assise à la table et commandant probablement des rafraîchissements, et il sentait que ça lui poussait dans l'ampoule anale... Et, s'efforçant de continuer à ne penser à rien, fermant à demi les yeux, avec un soupir de soulagement anticipé il commença à détacher sa ceinture...

II

Mais rien n'allait plus — c'est-à-dire qu'il éprouvait par vagues l'impression de n'être plus tout à fait lui-même, trop impliqué quelque part au dedans de lui, sollicité et jusqu'à un certain point fasciné ô basilic par les visages qui s'étaient réveillés dans ce qu'il refusait d'appeler sa mémoire, cela sortait du chaos, il pouvait sentir des grondements de genèse, alors que les grands corps les figures mal dégagées de l'informe se dépliaient dans l'espace incertain, dans l'aurore livide de leur naissance, avec des lenteurs de spectres d'avant la vie, inquiétant grouillement de ces fœtus glauques qui n'en finissaient plus d'étirer leurs membres et de faire craquer leurs doigts avant de faire leur entrée sur scène... Et c'était cela, l'espèce d'angoisse qui parfois le saisissait à la gorge ou qui lui tordait le ventre : ce sentiment que tout était devenu urgent, que rien ne pouvait plus attendre et qu'il allait falloir au plus sacrant faire naître cette vie dans le roulement d'une certaine façon hypnotique de la machine à écrire...

En réalité, tout était déjà commencé, le processus était irréversible... Dans les apparences et dans le quotidien de sa propre vie, il était devenu à peine autre chose qu'un personnage du livre qu'il allait écrire ou

qu'il était en train d'écrire — comment savoir au juste ?
—, lui-même lueur vacillante parmi les lueurs qui
clignotaient dans le faux jour de son envie de tout
construire, lui-même silhouette parmi les silhouettes
embryonnaires qui erraient en lui et qui en fait étaient
nées depuis un temps indéfini, venues au monde
comme malgré lui ou en tout cas en son absence, des
créatures dont l'image allait seulement passer à travers
lui comme dans une lentille (cela était peut-être même
né dès le loin des origines, dans le sang de sa race et
dans l'air de son pays — il ne faudrait pas oublier de dire
dans le livre, pensa-t-il avec un vague regret de n'avoir
rien pour écrire, que cela s'était sans doute installé dans
les profondeurs d'Alain avant même la brutale sortie de
l'utérus dans l'air violent du monde extérieur, que
c'était déjà là cette nuit où la mère d'Alain avait hurlé
dans son dernier cauchemar d'agonie, ou quand Alain
pissait sous lui et que dans la chaleur mouillée, puante
et abjecte de son lit il attendait — sans savoir qu'il
dormait encore et que ce serait son propre cri de terreur
qui le réveillerait — l'apparition cauchemardesque de la
femme à grosse bouche rouge qui pour profaner son
sommeil d'enfant courait en hurlant dans le corridor,
que ça fermentait en lui comme un lent levain les nuits
où il avait dû coucher dans cette chambre ténébreuse
dans ce logis étranger et hostile — il entendait les bruits
dans la chambre d'à côté parce que son père le faisait
avec la Gertrude — et c'était encore dans son cœur et
cela avait commencé de s'écrire dans les pelures
sensibles de son âme d'enfant alors qu'il errait abandonné par son père dans la nuit noire de Saint-Eustache
enfant perdu parti courir le monde sur des chemins
inconnus où il n'osait plus bouger car il était horrifié
d'entendre sur sa tête la monstrueuse respiration des
arbres)... Et tandis que, assis sur le bol de toilettes, dans
l'odeur grasse et marécageuse qui montait autour de
lui, il essayait de reprendre en main le contrôle de ce qui
s'organisait en lui, à cet instant il n'était rien d'autre

qu'un effet de sa création, rien qu'un pantin imaginé autrefois et animé par la redoutable magie des mots, rien de plus que de l'écrit, rien de plus qu'un souffle de fantôme sur un bout de papier, téléplastie de soi, son propre recommencement et la propre chair de sa chair, le produit de son Verbe, la queue de son Ouroboros, s'avalant et se recrachant au fur et à mesure qu'il se reconstituait dans l'espace secret des pages blanches...

Alors, inévitablement, dans le monde fantasque de son livre, il deviendrait une fois pour toutes Alain... Il peut très bien le voir — comme dans un souvenir remonté du fond de sa vraie vie — debout au bord de la rivière, car tout reviendrait fatalement et toujours à cette rivière par quoi tout avait commencé et par quoi tout allait vraisemblablement finir, comme si la grande création allait surgir de son ventre d'eau pourrie, les faux souvenirs d'un faux passé dans lequel il se sentait quelquefois dégringoler tête première, mais d'où il remontait chaque fois avec plein de choses à dire, et lorsque le moment serait venu de les dire il dirait

je ramais sur la rivière, le ciel se mirait dans l'eau comme un grand rire bleu, les petites maisons glissaient doucement le long des rives, je ramais je sentais cela dans mon dos, l'effort que je faisais pour que rien ne s'arrête et que les rives continuent de marcher avec leurs maisons et leurs arbres, je n'étais pas encore fort j'avais mes mains d'enfant sur les rames et c'était difficile han ! ça tirait dans les épaules han ! han ! heureusement je descendais le courant je pouvais voir les tôles sur les toits de la prison de Saint-Vincent et là-bas à droite dans les saules et les talles de vinaigriers il y avait la maison de pepére Tobie, je passais devant la maison puis cela fuyait et rapetissait derrière la grosse et lourde chaloupe de pepére, à ce moment je me collais au bord de l'eau je me glissais dans les quenouilles qui faisaient des bruits de papier contre le bois de la chaloupe, parce que je m'en allais passer plus loin entre la rive sud de la rivière et l'île aux Fesses, oui fesses les fesses popa l'a dit à mononcle Philippe les garçons et les filles allaient sur l'herbe de l'île sous les feuilles ils faisaient quelque chose et mononcle disait c'est écœurant ! *et dans ma tête je pouvais les voir je savais bien leur truc c'était sûrement comme popa et Gertrude (j'avais vu c'était tout ouvert rouge dans ses poils) alors les gars et les filles les âmes damnées de l'île aux Fesses ils se roulaient là avec leurs bras crucifiés les mouvements de leurs jambes il y avait du plaisir dans leurs ventres,* chienneries a dit mononcle Philippe, *damnés de* l'enfer ils vont brûler les maudits faisaient le péché de la chair c'est pire que tout, *qu'il disait, mais moi je les voyais toujours dans ma tête, leurs cheveux qui bougent dans les herbes folles tout le rose de leur peau les mouvements de leurs croupes ça les dévorait par-dessous dans tout le poil de ça,* le Seigneur les voit, *a dit mononcle Philippe,* péché de la chair seront punis ça fourre à plein cul, *a crié mononcle a regardé popa de près en le tenant par sa chemise il a crié* ça le fait comme toi Adjutor écœurant tu vas payer pour ça ah ta femme pas sitôt morte les yeux même pas encore fermés le restant du dernier respir encore dans sa bouche pis toi t'es parti faire ça avec elle ta maudite chienne qui t'attendait qui devait coller l'oreille derrière la porte pour écouter le dernier râlement de la pauvre Angèle pour faire le péché avec toi, *mononcle Philippe a crié ça et il y a eu un gros silence dans la cuisine de pepére et ils se sont battus sans dire un mot ils se fessaient je pouvais entendre les poings sur les visages et les souliers sur le plancher et les souffles rauques et les grognements de rage et je me suis descendu creux sous les couvertures où il faisait doux et chaud,* non, *a dit memére Vieille en pleurant,* non battez-vous pas vous allez me faire mourir les enfants, *et moi je faisais semblant de dormir, je faisais la respiration tranquille comme quand j'entends mes frères qui dorment, j'avais peur qu'ils viennent fermer la porte de la chambre, alors pepére Tobie s'est mis debout il était très grand il bouchait quasiment l'enca-drement de la porte, et il a mis la main sur l'épaule de Philippe et il a serré et Philippe s'est relevé, de toute façon c'était déjà fini, popa était assis par terre frottait son œil lui faisait mal il avait du rouge au coin de la bouche j'aurais voulu popa prendre sa tête dans mes mains lui dire que moi je l'aimais toujours et que le reste n'avait pas d'importance et que j'aimais tout de lui, jusqu'à ses péchés noirs où il salissait son âme, j'aimais tout car je voulais qu'il reste*

*éternellement près de moi, alors je ne bougeais pas, mon cœur était
tombé dans mon ventre il faisait comme quand on tient un moineau
dans la main, et mononcle Philippe a encore crié* il va brûler chez
le yable cet écœurant-là *et pepére lui a dit de laisser la bouteille
de gin, qu'il avait assez bu et qu'il fallait qu'il s'en aille avec
Paulette et ses petits parce que lui, pepére, était fatigué et qu'il
voulait se coucher dans son lit avec memére Vieille, puis il y avait la
voix de popa qui faisait des bruits d'eau dans la gorge, puis pepére et
memére qui disaient des choses tout bas, puis tout à coup il a fait
absolument noir on venait de fermer la porte — il y avait eu le
glissement des pantoufles de ma tante Philomène — je ne pouvais
plus les entendre à présent et encore moins voir quoi que ce fût il n'y
avait rien d'autre dans la chambre par le travers du grand lit de la
chambre noire que les souffles et la senteur de pieds de Rémi et
Germain qui dormaient j'étais content de les sentir là parce que
depuis la mort de moman on ne se voyait presque plus on était à
bâbord et à tribord on n'était plus une vraie famille excepté quand
on venait chez pepére...*

Il secoua la tête et déchira un morceau de papier de
toilette... Du temps avait passé, pour le moment il
n'avait plus rien à pondre dans cette eau puante...
Soulagement il avait l'impression de s'être vidé de son
mal de tête en même temps qu'il laissait aller sa tripe...
Papier d'émeri comme toujours dans les restaurants, de
quoi vous hacher la peau du cul... Reniflant et hargneux,
il déchira un dernier morceau de papier et donna en
quelque sorte le coup de grâce, puis il tira la chasse
d'eau. L'intermède était expiré : il allait falloir retourner
dans ce restaurant où ça cuisait comme dans un four,
retourner s'asseoir devant la face mollusquienne de la
Flibotte, écouter et parler, faire semblant, penser à
autre chose, toujours à autre chose, vivre un peu au-
dessus de tout cela...

L'eau froide du robinet sur ses mains lui donna
envie de plonger tête première dans une piscine,
rafraîchissement de tout son corps massé caressé par
l'eau scintillante, ne sachant pas nager mais descendant

quand même sous l'eau (*l'enfant voulut crier il crut qu'il pourrait s'accrocher à l'embarcation chavirée mais sa prise glissa et sa bouche s'ouvrit comme il s'enfonçait dans le creux brunâtre de l'eau vaseuse qui le tirait en elle et qui pour lui prendre son petit brin de vie en trombe putride l'envahissait*), plonger comme pour tirer une ligne entre ce qui était en train de se passer et ce que ça pourrait être... Et c'est alors qu'il remarqua le carrelage brun foncé de la pièce, tuiles qui montaient jusqu'à la moitié des murs. Et cela mettait du sombre jusque dans l'air de la toilette, donnait quasiment l'impression de baigner dans quelque fluide glauque, un entre-deux somme toute assez apaisant, reposant pour l'œil et pour l'esprit, une sorte de brunissure universelle, comme si en tirant la chasse d'eau il s'était lui-même précipité dans les fonds empestés des égouts... Dans le miroir, ce n'était pas la peine de regarder son visage un peu congestionné, cheveux lui collant au front comme après une bonne course au soleil quand on respire à plein essoufflé agréablement aspirer l'air qui sent bon... Mais dans les toilettes, ça puait le parfum entêtant, le désinfectant huileux qui s'égouttait peu à peu dans le bol. Mieux valait, au fond, en finir au plus vite, euthanasie mentale couper court à cette situation lamentable, sortir de ce restaurant pour faire enfin quelque chose d'intelligent... Il serait bien, chez lui, dans cette pièce où il faisait tiède et presque frais même au plus fou de l'été...

Mais il s'était détourné vers la sortie... Trois pas et l'on traverse la pièce, la poignée de porte douce comme un fruit dans la main, bien très bien, tourner et tirer, puis le supplice va recommencer... Un instant, il resta figé, la main sur la poignée qu'il avait commencé à tourner. Juste à côté de la porte donnant sur la salle à manger, il y avait une autre porte, qu'il n'avait pas vue jusque-là... Identique en tout point à la première, peinte à l'émail brun avec poignée d'acier brossé pour faire moderne on sait bien... Probablement un débarras,

balais, moppes et seaux... De quoi donner la nausée...
Pourtant, sans exactement l'avoir voulu, pour rien, pas
même par curiosité mais par une sorte d'acquit de
conscience, il fit un pas de côté et entrebâilla la porte...
Ce serait la vraie bonne transition, pensa-t-il subitement, tandis que la porte s'ouvrait devant lui...
Transition dans mon livre le personnage c'est-à-dire
l'auteur — on ne sait plus trop qui est qui à un moment
donné — passe de la ponte-en-toilettes directement
dans son roman, prodige ô magie, l'air de rien pirouette
et clin d'œil, hop! hop! prestidigitateur disparaissant
dans son propre chapeau avec les lapins et les colombes,
hop! un, deux, trrrrrrrois! et voilà que c'est fait, liquidé
ffft! dans l'air, passage d'un plan à l'autre via une porte
apparemment anodine, subterfuge s'il en est, bien sûr,
une porte donnant par exemple sur des caves, exploration comme par hasard onirique dans les profondeurs... la porte dissimulant un escalier, mettons, un
escalier au lieu des moppes et des torchons, alors
descendre puis déboucher vrang! dans le monde équivoque des personnages imaginés, tout cela en passant
par une sorte d'épreuve, rite initiatique on pourrait
dire, Isis, Mystères d'Éleusis ou Saturnales n'importe
quoi, mais ce serait un passage...

Et à présent, il était tout allégresse, il savait que le
livre se ferait, continuerait de se faire, sans qu'il ait
besoin de se faire retourner dans le restaurant, il venait
d'annuler d'un coup de gomme à effacer la journaliste,
encore un entrechat et ce serait fini, ne pas rater sa
sortie, m'sieurs dames! et en souriant il acheva d'ouvrir
la porte et comme il fallait maintenant s'y attendre il
voyait bien qu'il n'y avait là ni balais ni moppes, ni rien
en fait,

rien qu'un escalier de bois usé qui conduisait à la
cave dont l'odeur de moisi lui venait par bouffées dans
le nez et lui faisait tourner la tête comme un vin trop
capiteux... Et déjà cela se faisait, il ne refermait pas la

porte, c'était archi fou cette histoire d'escalier dans une
bécosse de restaurant se disait-il et cela lui donnait
envie de rire — mais allons, c'était le moment, d'ailleurs
ce parfum vicié de bois pourri et de vieille terre l'attirait
irrésistiblement, il n'y avait plus à hésiter et de toute
façon il l'avait décidé ainsi ce n'était plus le moment de
reculer... À sa droite, un commutateur... Il alluma et vit
une pâle lueur jaune apparaître là-bas, mollement,
léchant les murs de planches gauchies et roussies par
l'âge et l'humidité, assez loin dans un tournant de
l'escalier... du moins il avait l'impression que c'était fort
loin, que la lumière s'était allumée à une distance
considérable et inquiétante, comme si la cave avait été
beaucoup plus profonde qu'on n'aurait normalement pu
s'y attendre... mais non, c'est ainsi que cela devait être,
bien le bonjour bien le bonjour...

Il descendit longtemps. À présent, quand il se
retournait, il n'apercevait même plus la lumière d'en
haut... Mais c'était naturel car, au bout d'une trentaine
de pieds, l'escalier s'était mis à descendre en colimaçon.
Une ampoule protégée par un petit grillage de fer
rouillé était fixée au mur de loin en loin. Zones de
lumière alternant avec des zones d'ombre assez profonde pour lui donner le frisson — ne jamais savoir ce
qui se cache se tapit prêt à vous mordre les jambes les
bêtes innommables de la nuit ô ne pas marcher dans les
grouillements de cela ! Pourtant, il descendait toujours,
pas nécessairement téméraire ou seulement brave, non,
mais surtout incapable de penser net, comme en état de
torpeur, toute sa personne résumée dans le seul fait de
bouger — ses jambes automatiquement faisant ce qu'il
fallait pour descendre et ses bras frôlant les murs... Il y
eut un palier de bois à moitié défoncé, à partir duquel
l'escalier était en pierre... Il trouvait cela absolument
naturel à présent, normal comme rien au monde,
sachant presque d'avance ce qu'il allait trouver quelques
pieds plus bas, le passage voûté, murailles de moellons

scintillants de salpêtre ou suintants d'humidité, il
avançait dans la lueur falote des torches, oui torches
maintenant, flammes sur les murs ça danse, et d'ailleurs
celle qu'il tenait à la main laissait monter un feu clair
qui léchait presque la voûte, il avait l'impression de
marcher depuis longtemps, longtemps, il était fatigué
ses jambes étaient raides et lasses, il aurait voulu
s'étendre par terre et dormir s'écraser sur place de
découragement, mais c'était impossible car il pouvait
apercevoir les rats qui se cachaient dans les recoins et
dont les yeux rouges le surveillaient, il ne pouvait pas
s'arrêter parce que la voix retentissait encore au dedans
de lui et le poussait en avant, il avait eu peur de la voix
mais à présent il ne craignait plus que la flamme de sa
torche il fallait arriver (mais où ?) avant qu'elle ne le
consume tout entier dans son corps les couloirs
succédant aux couloirs il croyait se rappeler qu'il avait
frappé à des portes mais il avait trop attendu et plus
jamais il n'arriverait à retrouver le passage qui donnait
sur cette rue de son enfance autrement dit il n'y avait
qu'un léger effort à faire pour que tout soit résolu mais
il ne pouvait pas il était trop vidé et ses pieds étaient
trop lourds dans cette boue visqueuse ça sentait la fosse
des enterrements éternels son briquet ne suffisait plus
à éclairer sa marche dans cet étroit boyau creusé à
même la terre je taupe je taupe ah toute cette boue les
semelles énormes glaiseuses à mort mais avancer
toujours c'est notre lot même si c'est difficile les épaules
frôlant les parois tout autour ça dégouline l'eau brune
l'eau qui va tout envahir je sais bien on ne peut rien y
faire c'est la loi de l'eau moman l'avait bien dit il faut
regagner l'air libre virer de bord retrouver ce trou de
lumière (mais où ça ? mais où était la lumière ?) ce trou
lumineux où nous avons pêché des mots qui frétillaient
et changeaient de couleurs te souviens-tu la mémoire ce
gros tapon de lumière devant moi mais c'est bouché
derrière plus moyen de rebrousser chemin comme ils
disent c'est l'eau de toute impureté la pluie de leurs

saletés déchets fumées ça barbouille le beau ciel bleu de
là-haut ah les ténèbres il faut essayer encore et toujours
de toute éternité de donner de la lumière en faisant
claquer mes doigts clac clac que la lumière soit pour
avancer dans cette nuit de terre ah toutes les racines
tous les vieux morts enterrés du fond des temps je les
sens me poussent dans le dos ah oui voudrais faire
quelque chose courir mais non oh non aspiré sucé par le
bas ô glauque ne pas disparaître dans moman sait même
pas que je le fais de quoi punir tous les enfants
coupables pisseux enfants maudits les parois de boue
collées aux épaules tout l'immonde qui bouge autour ça
va vous digérer mon ami parce que vous n'avez pas su
comprendre la lumière vous ne reverrez plus la lumière
jamais la lumière!

. . . .

DEUXIÈME
PARTIE

I

Mais il n'écrivit pas tout de suite. Il y eut le bruit de la porte quand elle sortit, puis ses souliers dans l'allée de gravier, puis, un peu après, le grondement du moteur de la voiture; puis cela s'éloignait, elle était partie pour quelques heures, il aurait le temps de travailler encore un peu à son roman. Mais Alain n'écrivait pas, il tendait l'oreille car il pouvait entendre l'autre bruit provenant de la chambre rose juste à côté de son bureau et, un moment, il se demanda avec une certaine irritation si l'enfant Myriam n'allait pas se réveiller et l'empêcher, par cris et par morsures riantes dans le poil de ses joues, de se mettre sérieusement au travail. (Il y aurait ses petits bras serrés autour de son cou comme serraient autrefois les bras du cher enfant disparu Éric coulant les yeux grands ouverts dans l'eau nauséabonde il allait prendre fond par les talons rester collé dans cette fange immonde — l'atroce rivière parfois ne rendait pas ses cadavres!) Il serait obligé de la prendre dans sa couchette et probablement de la garder sur lui et elle lui tirerait les cheveux et la barbe en criant riant aux éclats lui donnerait des coups de pied dans le ventre (tiens-toi debout sur popa c'est ça la belle fille c'est ça debout le p'tit bebé), tandis que le temps les survolerait rageusement et que l'après-midi dégringolerait vers le soir et que le moindre travail d'écriture deviendrait impensable — elle, l'enfant dont il ne parlerait pas dans le livre, procréée par lui et cette femme dont il ne dirait rien non plus (même pas le nom) dans son livre où il refusait de suggérer la moindre solution de continuité entre les souvenirs qui le hantaient et dont il devait s'exorciser par la vertu des mots, et l'aujourd'hui de Myriam et de la femme qui venait de sortir de la maison, comme si le fait de les entraîner (comme Éric et Anne et les autres) dans la fabulation débridée de sa création avait constitué un sacrilège, un crime de lèse-vérité qui aurait risqué de contaminer cette seconde vie où il pourrait peut-être trouver une sorte de bonheur, cette ultime chance que le sort lui offrait de connaître la présence, la chaleur et l'amour —, et alors elle, l'enfant Myriam, annulerait dans le splendide effaçage, dans le hors-temps radieux de la petite enfance, tous les efforts qu'il avait commencé à déployer pour dire ce qui devait être dit...

Puis le silence s'était fait. Elle ne rentrerait pas avant la fin de l'après-midi... Si Myriam ne se réveillait pas, il aurait le temps d'écrire et de récrire de gros morceaux du livre... Par la fenêtre ouverte, le parfum un peu acide des lilas en fleurs, les petits bruits dont était fait le silence, c'est-à-dire qu'il entendait par-dessus tout le continuel chuintement du vent dans les arbres de la route. Mais en réalité il n'écoutait pas, ne voyait pas davantage, sa conscience entière n'ayant plus pour objet que le clavier vert de la machine à écrire et la feuille blanche qu'il avait passée dans le rouleau... Et pourtant il n'écrivait pas, lui-même à la fois créateur et personnage — comment savoir précisément à quel niveau et sur quel plan de toutes les existences possibles les jeux dangereux de l'écriture peuvent vous projeter ? —, évoluant comme dans une équation romanesque au troisième degré, car il était pour ainsi dire déjà écrit dans le livre, ou cela s'écrivait au fur et à mesure, qu'il était en train de prendre son élan, avec la même détermination, la même concentration et le même genre de courage un peu absurde qu'un sauteur à la perche... Et sans qu'il ait pu exactement déterminer comment cela s'était fait, sans qu'il sache comment tout lui était venu, il avait commencé d'écrire (car il y avait brusquement eu dans sa tête, ou ailleurs au fond de lui-même, dans un recoin noir où il n'aimait pas descendre, un éclair flou, comme une lumière qui s'allume dans un corridor en pleine nuit et qui vous tire de votre meilleur sommeil et vous ne savez pas dans votre tête d'enfant ce qui se passe et il y a un va-et-vient et il y a des hurlements de femme et vous savez que votre mère est très malade et qu'elle va mourir et tout à coup vous ne dormez plus car vous avez froid et peur dans votre ventre).

II

D'abord — quelque part dans les noirceurs de l'origine — il y avait eu ceci : je ne dormais pas mais je ne comprenais pas encore que j'étais réveillé. Cela semblait un prolongement de mon sommeil, c'était comme un rêve qui aurait continué en dehors de moi, avec des lumières, des bruits et des voix (comme plus loin encore dans les commencements il y avait eu des ténèbres liquides puis des alternances de noirceur et de lumière et des visages qui me regardaient et des mains qui venaient sur moi pour m'aimer et popa me disait *mon beau pitou* j'étais dans ses mains me tenaient en l'air très haut j'avais le plafond dans mon dos et il y a aussi moman maigre sa petite voix quand elle chantait *t'es bien trop petit mon ami* parce qu'il fallait dormir et que j'avais peur dans le noir puis je dormais — c'était avant que le temps soit inventé).

Cette nuit-là, j'étais réveillé et mes yeux chauffaient j'avais des tonnes de sable sous mes paupières. Je pouvais voir la lumière dans le corridor et j'entendais moman qui criait. Puis il est passé dans la lumière du corridor ses pieds faisaient craquer les lattes du parquet et j'entendais moman qui hurlait et alors comme coup de foudre je me suis rappelé qu'elle était malade depuis une éternité toute blême dans son lit — et dans ma tête je me souvenais aussi que j'avais entendu dire qu'elle allait mourir. Je ne savais pas comment la mort était faite, j'avais cinq ans je ne savais vraiment pas mais je pensais moman va mourir moman va mourir... Alors il est passé de nouveau devant la porte de la chambre il portait une bassine où ça faisait flic floc et il est allé verser ça dans les toilettes j'ai entendu le bruit dans l'eau puis il a tiré la chaîne et la voilà qui crie encore ça fait peur. Je ne sais pas pourquoi j'ai peur, je ne devrais pas c'est moman elle m'aime, mais j'ai peur quand même, j'ai chaud dans mes cheveux. Je me touche sous moi dans mon lit et je sais que je ne suis pas mouillé ma fourche est bien sèche et je pense popa va être content. Elle crie, sa voix est très haute et forte, c'est comme dans le rêve, oui le rêve mon rêve méchant il y a la grande femme qui m'apparaît elle court en hurlant dans le corridor elle a une immense bouche rouge et alors je suis éveillé dans mon lit je hurle moi aussi comme un loup, je suis découvert mes draps pendent à côté du lit, je me sens tout nu dans la noirceur je grelotte cliclaque des dents tout est horreur noire dans moi et je sens l'odeur de mon pipi je suis tout mouillé puant j'ai très froid et je ne veux pas pleurer, alors des fois il y a le visage de popa ça vient sur mon lit et se penche il dit *tu pues cochon pisseux va te changer*, et moi je sais bien que c'est vrai que je pue dans la puanteur de ma pisse j'ai honte dans mon cœur, il faut changer les draps popa bougonne et j'ai froid frissonnant assis sur le prélart glacé dans le coin de la chambre je vois son poil rouge sur ses jambes il y a le bruit du drap qui bouge sur le lit, et il n'est plus fâché il m'aime encore il le fait avec sa main sur mes cheveux et il dit *recouche-toi p'tit pissenlit pis crie plus comme ça tu vas réveiller tes frères pis ta sœur pis ta mère qu'est malade faut qu'elle dorme*, alors je suis recouché dans mes draps bien secs ça sent bon mais je ne veux pas me rendormir j'ai trop peur de revoir la bouche rouge sang je ne veux plus avoir du mouillé dans ma fourche, je ferme les yeux très fort ça fait des points blancs et bleus à l'intérieur de mes paupières et je résiste je ne veux pas dormir puis brusquement ça arrive par surprise c'est le matin je suis content dans mon lit je sens bon je suis sec, mais d'autres fois la nuit ne veut pas finir, il y a toutes sortes de choses répugnantes dans la chambre, il faudrait que je me lève pour aller réveiller Germain et Rémi ils dorment dans le lit à côté de moi mais j'ai trop peur je reste dans mes couvertes, je me tourne et me retourne, viraille dans mon jus sale, je pue et personne n'y peut rien, ou des fois il n'y a pas de pipi j'ai seulement peur je sais qu'il y a des choses affreuses debout dans le noir dans les coins de la chambre et j'ai peur je me gratte avec mes ongles rongés et je renifle non je ne veux pas pleurer, et alors tout à coup c'est elle qui m'apparaît je vois sa face maigre, moman, en tout cas je crois que c'est son visage à elle, moman qui s'approche dans la chambre, c'est comme un reflet de lune, souvent je dois rêver car je peux voir à travers, elle se penche et je l'embrasse dans rien du tout et mes mains passent dans sa face sans rien — alors ce serait le temps de me réveiller avant que moman n'arrache son masque et n'ait la bouche rouge (horreur horreur il faut crier !) —, mais de temps en temps je sais que c'est vraiment elle et je dis *moman !* je peux entendre ses pantoufles qui traînent sur le prélart, c'est comme une tache de lune qui vient vers mon lit, sa bouche est fatiguée elle met sa main sur mon front et sa main est glacée elle ne dit rien mais je sais qu'elle pense : dors mon p'tit enfant, puis elle remonte mes couvertes, je me rendors je n'ai plus peur...

Mais cette nuit-là, quand elle a hurlé, il devait être très tard, une heure absolument épouvantable et interdite aux enfants. Je n'étais pas encore très bien réveillé mais je n'étais pas surpris. Vaguement effrayé, oui, mais pas véritablement étonné d'entendre ma mère hurler à pleins poumons au beau milieu de la nuit. J'y étais en quelque sorte préparé. C'était quelque chose qui devait fatalement arriver, qui était en train de se produire depuis longtemps, je le sentais, je ne le savais pas mais tout en moi en avait obscurément conscience. En fait, cela n'était qu'un prolongement inévitable de ce que j'avais forcément vu se dérouler dans la chambre d'en avant, dans la chambre tragique, étouffante et exactement close (oh la lourdeur de ces tentures et du store de toile beige qui refoulaient implacablement la lumière à l'extérieur de la chambre, de même que les fenêtres fermées et verrouillées en excluaient le moindre souffle de l'air des vivants), l'espèce d'oubliette où moman se décomposait lentement et graduellement dans sa maladie qui la mâchait par le ventre, ce mal broyeur qui s'était installé comme un gros insecte dans ses entrailles de femme... Tout son ventre était en train de pourrir en elle — bien souvent la douleur la pliait en deux elle cessait de respirer on aurait dit, et elle avait tout à fait l'apparence d'une morte, puis elle se remettait à souffler et se redressait dans son lit et elle demandait qu'on lui retape ses oreillers et c'était comme si rien ne s'était passé : seule la lueur affolée qui vacillait au fond de ses yeux témoignait de l'attaque brutale qu'elle venait de subir et de repousser avec toute son énergie et sa détermination de vivante qui n'entend pas lâcher prise sans une lutte acharnée.

Mais cette nuit-là, on a compris que la fin s'en venait, que la face de mort collait ses os de l'autre côté de la fenêtre et qu'en tendant un peu l'oreille on aurait pu entendre siffler l'incommensurable faux (mais ce n'était que le vent d'automne dans les hangars délabrés de la ruelle, c'était le vent humide qui parlait de mort et de souffrance dans les balustres à moitié pourries des galeries et les cordes à linge et les palissades de bois délavé et les poubelles où grattaient les rats)... C'était un peu tout cela qui m'avait réveillé, peut-être les crissements des os secs sur le prélart de la cuisine, les monstrueux balancements de la faux, le grondement de la nuit entre les nuits qui déferlait dans la maison et nous inondait parce que le temps était venu et que moman allait nous quitter pour aller se liquéfier dans la terre anonyme d'un cimetière, ah non il n'existe ni store ni rideau qui puisse contenir la Nuit éternelle... Et moman s'était mise à hurler dans son sommeil... Popa, moi et les autres, on savait bien qu'elle était malade, on savait qu'elle ne resterait plus très longtemps dans cette chambre ténébreuse, en réalité elle était quasiment morte (on n'osait plus la regarder dans sa face, tant les cernes de sa maladie lui dévoraient les yeux — sa poitrine n'était plus qu'une petite cage à peu près vide), mais on faisait comme si de rien n'était... Des fois, j'allais avec Rémi, Germain et Christine dans la chambre de moman et on s'assoyait sur le bord de son lit où elle avait l'air de flotter sur une eau blanche — pas tous à la fois, évidemment, ça l'aurait trop fatiguée — et on attendait qu'elle nous parle. Dans cette chambre, le store était toujours baissé, et avec les tentures que j'ai dites c'était le sombre perpétuel... Même quand le soleil brûlait dehors c'était le soir dans la chambre, ça sentait les médicaments et les tissus jamais aérés et aussi, et surtout, quelque chose de douceâtre, de sur et de fade comme de la viande qui se gâte (qui n'est pas encore décomposée, non, mais qui commence à avancer et à se faisander parce qu'on l'a oubliée pendant la fin de semaine sur le coin de l'armoire), comme une lourde haleine de dents cariées ou de mauvaise digestion, et on attendait tous les quatre, c'était moi l'aîné et je leur disais *tuisez-vous et attendez un peu vous allez voir elle va ouvrir les yeux et elle va nous regarder elle va se réveiller et elle va nous parler comme avant*, mais des fois on attendait pour rien parce qu'elle était trop faible pour parler ou même nous faire comprendre qu'elle ne dormait pas et qu'elle savait que nous étions là et qu'elle nous gardait de toute façon dans son cœur et que notre image était mêlée en couleurs brillantes à ce qui lui restait de vie, ah je sais bien maintenant qu'elle nous a tous un peu emportés

avec elle et que nous sommes morts jusqu'à un certain
point en même temps que la chair de notre mère — en
même temps que se dessoudait un autre anneau de
cette chaîne toute cassée qui traîne derrière moi
jusqu'aux premiers fornicateurs barbus et écumants de
ma race —, nous la regardions dans la pénombre et ses
mains bougeaient sur son ventre avec une infinie
lenteur et quelquefois elle tournait les yeux vers nous
— dans le milieu de ses yeux il y avait un profond trou
noir qu'on aurait dit rempli d'un liquide trouble et
perpétuellement mouvant —, elle nous regardait et je
sentais que dans sa tête et dans son cœur presque plus
capable de battre elle nous aimait par-dessus la douleur
de ses entrailles et les bouffées de panique que la
sensation de l'irrémédiable, de l'irrévocable mettait en
elle, par-dessus sa propre mort qui se consommait
méticuleusement, comme selon un plan ou une stratégie
immuable, elle nous aimait et elle aurait voulu vivre
encore et recouvrer au moins une partie de ses forces
pour nous aimer comme autrefois avec sa bouche sur
nos joues et dans nos cheveux... et cet indicible
désespoir pleurait en elle parce que ses mains n'avaient
plus la force de caresser nos têtes et que sa voix
n'arrivait plus jusqu'à nos oreilles, car cela n'était plus
vers la fin qu'un indiscernable murmure, un souffle
déjà glacé qui sentait d'avance la terre et le caveau... de
sorte qu'en apparence, dans la chambre de la mourante,
il ne se passait rien... dans l'intense et massif silence qui
se fait autour des agonisants, j'entendais son souffle
difficile, je distinguais aussi son profil blanc dans la
blancheur des oreillers, et il me faudrait encore bien des
années de rumination et de perplexité pour comprendre
que la forme gisante que je voyais là dans le lit de ma
mère était justement en train de se mettre à ne plus
ressembler à rien que j'avais pu connaître et aimer,
admettre après tant d'années que la mort avait
commencé à la travestir sous mes yeux, sans la moindre
pudeur, la déformant et la masquant jusqu'à ce qu'elle

ait enfin la face qu'on doit avoir dans un cercueil —
malgré les rites blasphématoires des croque-morts
manieurs de rimmel et de mascara faites un beau
sourire c'est vous qu'ils viennent voir ! —, c'est-à-dire
l'allure statuesque et même si péniblement abstraite de
tous les cadavres... Parfois, Christine se mettait à tirer
sur le drap et elle pleurait, trop jeune pour comprendre
elle se mettait à hurler parce que les mains de sa mère
ne venaient pas sur elle, ne se posaient pas sur son
visage comme des envies d'embrasser, et alors bien
souvent une femme blanche venait dans la chambre,
elle arrivait de nulle part, elle portait une tunique
blanche et des bas blancs et des souliers blancs, sans
nous regarder elle dit *sortez les enfants allez jouer dehors votre*
mère va essayer de se reposer n'est-ce pas madame que vous allez être
raisonnable il faut dormir un peu, la femme blanche sent
âcre, désinfectant et cigarette, la nuit on se réveille des
fois Rémi et moi et on se dit qu'elle va venir nous
manger les oreilles avec sa grande bouche aux dents
jaunes et on rit comme des fous parce qu'on a peur
délicieusement peur sous nos couvertes, elle a une
moustache et des cheveux courts trop noirs tout
frisottés toujours de la salive au coin de la bouche, et
elle dit encore *sortez jouer dehors*, alors on est dans la cour
tous les quatre (c'est dans cette cour et dans la ruelle
adjacente que toutes les nuits passait l'obsédante faux
qui sifflait, qui sifflait), on est comme perdus, un bon
moment j'ai comme froid en dedans de moi même s'il
fait grand soleil, je sais bien qu'en cet instant il y a
moman qui continue de se mourir dans sa chambre
toute brune où ne pénétrait jamais la lumière (parfois
j'imaginais, la nuit, que j'allais dans la chambre de
moman et que je levais le store et que le soleil entrait à
flot déboulait feu sur elle et dans son ventre consumait
la maladie et la guérissait subito d'un coup dans un
grand miracle doré), mais nous sommes tout seuls dans
la cour, le ciel est tranquille entre les cordes à linge, les
draps de la voisine claquent gaiement, il y a un arbre qui

bouge dans la cour d'à côté il est énorme il fait son bruit d'arbre au vent, on est dans la poussière beige de la minuscule cour et on oublie soudain la maladie qui va faire mourir notre mère, pour rien on est heureux, parce qu'on est là tous les quatre et qu'il fait soleil et qu'on commence à avoir faim pour dîner, Germain a sorti un bout de corde à linge moi je sais faire des nœuds oui je sais alors on va attacher Christine au poteau de téléphone elle va crier on va bien s'amuser...

Et quand popa est retourné dans la chambre de moman, je me suis levé, tout doucement pour ne pas réveiller mes frères, sans le moindre bruit... Puis j'étais debout sur le plancher frais et en même temps je me suis mis à marcher, c'est-à-dire qu'à un moment donné, comme sans transition, je marchais dans le corridor, j'arrivais à la porte de la chambre, on y voyait mal parce que la veilleuse jetait une lumière avare et brunâtre qui était presque pire que l'obscurité, et dans cette chambre flottait une odeur de vomi âcre et écœurante qui prenait à la gorge et donnait envie de cracher, mais je suis resté je voulais voir moman je voulais savoir pourquoi elle criait... Popa était penché sur le lit, il disait *qu'est-ce qu'y a Angèle qu'est-ce que t'as donc ?* Puis il m'a aperçu et il s'est un peu redressé et il a mis son doigt sur ses lèvres il fallait que je me taise je me suis rappelé qu'il était dangereux de réveiller brusquement les somnambules mais il ne s'agissait évidemment pas de ça je le savais, et en même temps je marchais derrière popa, puis j'étais à côté du lit, cherchant du coin de l'œil la femme blanche et m'attendant à la voir surgir pour me jeter dehors en pleine nuit noire dans la cour effrayante tandis que la faux de la Mort passait avec des bruits de vent d'automne dans la ruelle, et je pensais je sais pourquoi moman crie comme ça c'est son mal qui la mange... Le visage de moman était tout fermé, ses traits crispés et on aurait dit concentrés au milieu de sa face, souffrance excessive ou résistance ultime, comment savoir ? ses paupières de tôle étaient fermées si fort qu'elles tremblaient, on voyait bien que derrière cela il y avait un combat formidable qui se livrait, un affrontement du soleil et des ombres, une lutte sordide pour repousser cette chose faite de l'essence même de la ténèbre qui venait la prendre pour l'entraîner dans les profondeurs du rêve terminal où toute vie — les amours et les fureurs et les désirs qui ont subsisté malgré les vicissitudes de la maladie et de la souffrance, à travers les horreurs, les étouffements de l'agonie où se sont consumés d'ordinaire les dernières étincelles de l'espoir et même la totalité du désespoir aux multiples visages —, où la lassitude et les regrets et l'orgueil et la mémoire vont se dissoudre pour l'éternité... Moman ne nous voyait pas, elle n'entendait personne, elle continuait de hurler dans son vomi — il allait falloir changer les draps odieusement souillés —, poussait des cris du plus terrible aigu, puis se taisait et paraissait mâchonner quelque chose, puis se dressait à demi dans ses dernières forces et hurlait encore, continuant de vivre quelque rêve insoutenable dans son étrange sommeil que même les vomissements n'avaient pas interrompu, ce sommeil d'où elle sortait d'ailleurs de moins en moins souvent (*c'est une permission du bon Dieu c'est sa miséricorde*, disait la femme en blanc, *comme ça elle sait pas ce qui se passe elle est bien heureuse oubliez pas de dire une prière pour votre moman*)...

Un peu de temps avait passé et, à présent, la voix avait faibli et ses cris faisaient penser aux vagissements d'un nouveau-né... Ce n'est pas pour rien que les bébés ressemblent tant aux vieillards... Mais moman n'était pas vieille, pas ce qu'on peut normalement appeler vieille dans le reflux de son âge, non, c'était seulement son corps qui la lâchait avant le temps, ce corps qui était devenu progressivement inhabitable et qu'il lui faudrait bientôt quitter... Elle avait cessé de crier. Elle se

plaignait seulement, se lamentant à petite voix, haletante avec son rien de souffle, et popa disait doucement
*Angèle Angèle réveille-toi on est là regarde y a Alain qu'est avec
moi Angèle réveille-toi c'est rien qu'un mauvais rêve que t'as eu*... Il
faisait sombre, la pénombre était redoutable dans les
coins de la chambre — la veilleuse, par-dessus le marché
étouffée par un fichu brun, éclairait vaguement les
fioles de médicaments, les potions multicolores, le verre,
la cuiller et le chapelet posés sur la table de chevet,
mais les coins, les coins de la pièce où grimaçaient
d'informes cauchemars, restaient plongés dans les
ténèbres —, et j'aurais voulu prendre dans ma main
la main décharnée de moman mais je n'osais pas,
j'avais peur de cette grande femme plate sous les draps
que sa respiration ne faisait même pas frémir, cette
image glacée, pétrifiée de femme qui portait dérisoirement le masque de ma mère mais qui n'avait plus rien
de commun avec nous... Popa lui parlait toujours à
l'oreille mais elle ne l'entendait pas, du moins sa face
restait fermée, j'imagine que son rêve devait nécessairement faire son temps... et d'ailleurs ce n'est qu'à ce
moment comme fixé d'avance par un mécanisme
d'horlogerie qu'elle ouvrit les yeux. Elle a ouvert les
yeux et, l'espace d'un instant, j'ai eu l'impression qu'il
n'y avait rien derrière, pas même le moindre reflet de
cette lumière spéciale qui fait qu'on est vivant... Mais
peut-être que c'était le mauvais éclairage... Popa lui a
mis la main sur le front et il lui a dit *tu fais quasiment plus
de température*, mais elle savait au fond d'elle que c'était
tout de même sa dernière nuit et qu'elle vivait là son
ultime regain que la défunte grand-mère (pas memére
Vieille, mais sa mère à elle) appelait *le mieux de la mort*
(quelques heures avant sa mort la sœur de moman
s'était soudain levée de son lit vive et alerte et
apparemment en grande forme malgré ses soixante-
douze livres et sa face défoncée par les assauts de son
agonie et elle avait marché très vite dans toute sa
maison elle voulait laver les fenêtres et entreprendre

son ménage du printemps en plein hiver), et ses yeux étaient posés sur moi et je pouvais sentir que cette fois elle me regardait pour vrai et elle a souri, c'est-à-dire que sa bouche a fait ce qu'il fallait pour produire un sourire, mais tout son visage était encore fermé comme si son rêve s'interposait entre elle et nous... Elle a regardé popa et elle a murmuré dans un souffle, avec le reste de voix qui lui était revenu, *ce coup-là je sais que c'est la fin tu ferais mieux d'appeler un prêtre mais je veux pas aller à l'hôpital hein Adjutor tu m'enverras pas mourir à l'hôpital !* Popa a hoché la tête et ses cheveux gris — ils avaient de tout temps été gris — ont bougé dans la pénombre, et il lui a dit que c'était son rêve qui lui faisait ça et qui la travaillait, mais elle lui tenait le bras et elle était capable de le serrer, elle parlait à présent elle semblait avoir oublié que j'étais là témoin tremblant et claquant des dents, transi jusque dans l'âme à écouter ces paroles qui me déchiraient, que je ne comprenais pas très bien, que je sentais seulement, dont je pénétrais obliquement le sens avec le peu de perspicacité que la vie avait eu le temps de mettre en moi et qui me permettait de voir bouger, comme une draperie funèbre, un océan de ténèbres derrière les mots que proférait sourdement ma mère mourante...

Popa ne souriait plus. Il hochait encore la tête mais il n'avait plus envie de sourire, tandis que moman, de sa voix redevenue par quelque prodige claire et aisément audible, racontait ce grand cheval noir qui était apparu à sa fenêtre un colossal étalon crinière furieuse fouettée de vent hennissant dressé droit debout raide sur ses pattes de derrière cabré l'œil en feu les dents menaçantes dans l'écume projetée broue marine jusque sur les naseaux dilatés hennissant à mort elle l'entendait malgré la vitre qui l'en séparait elle s'était assise il lui semblait qu'elle s'était dressée dans son lit elle regardait la bête exaspérée dont elle ne pouvait détacher ses yeux elle ne pouvait même pas respirer elle savait que ce

cheval fou était venu spécialement pour elle comme le
dernier messager et au fond de son rêve elle sentait
qu'elle avait déjà dû rêver ce cheval — il y avait très
longtemps tout un bout d'éternité — et que le phénomène avait dû se produire chaque fois qu'un cycle
karma allait se refermer comme serpent qui se mord la
queue et alors le cheval se cabra comme grandissant se
géantisant encore plus vaste du poitrail et des pattes
sabots de fer battant la nuit épaisse renâclant ruant
écumant plus et plus il s'est laissé retomber dans la
fenêtre avec fracas voici la vitre volant en éclats à
présent le grand cheval noir marche dans la chambre ah
l'étalon fougue et sauvagerie allant et venant entre le lit
et la fenêtre le plancher vibrait et ployait sous ses
sabots c'était comme tremblement de terre puis elle
cessa de le regarder et fermant les yeux elle se laissa
aller en arrière dans une chute qui n'en finissait plus et
qui d'ailleurs n'allait jamais plus s'interrompre car le
monde entier s'était mis à vaciller et à s'effriter autour
d'elle (au secours elle hurlait au secours !) elle se sentait
partir dans l'œil doré du cheval fumant de sueur elle
comprenait que c'était bien fini et que s'il lui restait
quelque espoir il n'était plus de ce monde et c'est à ce
moment qu'elle s'est mise à crier pour vrai dans la nuit
pas nécessairement parce qu'elle avait peur non elle
disait à popa *tout d'un coup j'avais cessé d'avoir peur j'étais calme
j'avais l'impression que je l'attendais depuis toujours ou c'était
comme si lui le grand cheval avait attendu de l'autre côté de la
fenêtre depuis le jour de ma naissance* — à ce stade de son rêve
elle n'avait plus peur mais il avait fallu qu'elle crie,
comme pour prouver à ce qui la saisissait dans le fond
de son sommeil qu'elle était encore vivante, ou peut-
être était-ce une sorte de rite par quoi il faut passer
avant d'entrer dans la mort, l'épreuve du grand
Passage, l'initiation dans les chambres secrètes de la
pyramide, ou en tout cas quelque chose figurant le
parfait contraire du cri primal ou primordial: le cri
terminal par quoi tout s'exhale quand tout est consumé

et consommé et que la vie nous a définitivement crucifiés et expulsés d'elle. Le râle au bout du chemin.

Puis c'est une autre fois, c'est après, je ne sais pas, il y a de la neige qui tombe, tout doucement, presque rien de neige ça flotte dans l'air bleuâtre, voltige comme plumes d'oreillers quand avec Rémi et Germain on se battait sur le lit, c'est comme si l'air avait gelé et qu'il se défaisait tout seul devant notre face. La terre était encore molle et ils avaient pu creuser le trou, c'était tout prêt pour. Puis je n'ai rien vu il ne s'est rien passé mais le cercueil bouge un peu au-dessus de la fosse, il est retenu par des courroies et des hommes en casquette attendent à côté tandis qu'il parle en agitant sa soutane, mais c'est déjà fini on me dit qu'il faut partir, on laisse moman là dans son cercueil, on s'en va, il commence à faire froid et le vent siffle dans les arbres gris de la montagne. Des matantes et des mononcles ont pleuré mouillé mes joues, leurs lèvres leurs moustaches ça sentait le tabac les dentiers pas lavés je m'essuie avec la manche de mon manteau j'ai le cœur qui lève mais je n'ai pas pour vrai envie de vomir j'ai froid dans mon ventre et dans ma tête, c'est tout. On est sortis du cimetière, derrière nous ça continue de siffler avec rage entre les tombes et dans les peupliers maigres mais je sais que ce n'est pas la grande faux, popa a dit *on va revenir au printemps on va apporter des fleurs*, et on est partis comme ça, on abandonnait derrière nous la boîte de moman, son cercueil de bois blond où la neige folle courait comme un duvet ils l'ont laissé au-dessus du trou c'est moins triste disait la tante Yvette. Les pieds font des dessins de semelles dans la neige et je ris avec Christine, d'un seul coup je ne pense plus à moman je ne pense qu'à la neige qui a l'air bonne à manger, je ne vois pas mes frères et je sais qu'ils doivent être avec des matantes juste derrière nous et je dis *regarde popa regarde je fais des traces* mais il dit rudement *marche marche c'est pas le temps de s'amuser* et il a pris ma main pour m'entraîner

plus vite... mais ça c'est un autre jour... il faut que ce
soit un autre jour parce que déjà on commençait à voir
des bouts de gazon sur les parterres de la sixième
avenue oui c'était plus tard l'hiver avait tout fondu,
c'était après que Germain et Rémi et Christine eurent
été placés chez des matantes et moi je restais avec popa
peut-être parce que j'étais plus sensible comme il dit, à
présent popa conduit un taxi je ne le vois presque plus,
il y a une grosse femme molle avec des varices mauves
qui me garde et qui me fait manger du chou bouilli et
des spaghetti flasques j'en ai le cœur qui lève, mais des
fois comme aujourd'hui il me tient par la main on
marche sur une rue avec des magasins c'est peut-être la
rue Masson, ou n'importe quelle rue dans n'importe
quel pays, moi je ne sais pas, il y a la main rugueuse de
popa qui tient la mienne et moi je vais avec lui, puis il
est dans des tavernes, il dit *attends-moi là éloigne-toi pas*,
alors moi je me promène sur le trottoir je pense il va
sortir de la taverne il va te reprendre par la main te
ramener à la maison, il y a des gens qui me regardent et
souvent j'ai peur mais j'ai mon canif je pourrais me
défendre si jamais, et des fois le soir arrive c'est brun
tout autour, des lumières s'allument partout, les néons
c'est de toutes les couleurs ça clignote, mais popa est
encore dans la taverne, j'ai faim je n'ai pas soupé je
voudrais m'empêcher de pleurer un homme ça ne
pleure pas disait popa, mais c'est difficile parce que j'ai
peur qu'il m'oublie qu'est-ce que je ferais dans la ville
géante qui veut me manger ? alors il y a une femme qui
s'arrête elle me demande *es-tu perdu ?* et moi je la déteste
je lui fais une grimace et voilà elle n'est plus là j'attends
popa, puis je n'ai plus peur on marche popa et moi, et ce
jour-là il fait chaud, un gros soleil jaune nous suit dans
le bleu du vent, lumière je vois ça bouge sur le trottoir
et au-dessus de nous il y a les grands arbres qui brassent
l'air, on longe une sorte d'église, il commence à faire
été on peut entendre les moineaux qui font les fous
dans les feuilles, puis on est dans un salon avec des

fauteuils bruns et un tapis blanc à fleurs roses, ça sent le parfum de femme la poudre spéciale qu'elles se mettent parce que, puis elle dit *hon le beau p'tit gars !* et elle donne un coup de coude dans le ventre de popa et avec un clin d'œil elle dit aussi *c'est pas à toi hein Adjutor il te ressemble pas*, et popa se met à rire comme jamais je ne le vois rire quand il rit avec moi, sa face est rouge il se balance d'un pied sur l'autre, puis ils sont allés dans la chambre et moi je suis assis dans le salon je suis tout seul je fais mon grand garçon ils ont dit *fais ton grand garçon bouge pas de là*, et j'ai fait oui avec ma tête oui je sais obéir et rester tout seul il pourrait m'attacher à un poteau comme les chevaux des cow-boys pour que je l'attende, mais à présent j'ai peur je ne veux pas qu'il s'en aille par la porte d'en arrière me laisse tout seul avec cette femme à grosse bouche j'ai hâte qu'ils aient fini de dormir, je peux regarder l'album elle a dit *tu peux le lire il y a des belles images*, mais moi je déteste son livre je déteste ses images, son album sent son parfum je le laisse tomber sur le tapis, et je pense, j'entends dans ma tête la grosse bouche de la femme elle dit que je ne ressemble pas à mon père et peut-être bien que je suis un autre et je ne sais plus si je suis vraiment moi, je connais l'histoire du bebé parce que memére Vieille m'avait montré les images dans son livre, ils l'avaient mis dans un panier d'osier et alors ils l'ont poussé sur le fleuve sa moman l'abandonnait elle ne voulait plus le garder avec elle pour l'aimer et alors il a flotté et flotté sur l'eau et le petit panier dansait sur l'eau sans couler le bebé n'était même pas mouillé quand les filles du roi l'ont trouvé et ramassé, c'était comme s'il n'avait jamais eu de commencement... alors popa est revenu dans le salon, à présent c'était le soir et j'avais encore faim mais je sentais que cette fois il n'irait pas dans la taverne et que je n'aurais pas peur, pas la même sorte de peur, il a dit quelque chose dans l'oreille de la femme et il m'a dit *elle s'appelle Gertrude* — mais ça c'était peut-être une autre fois je ne sais plus ce n'est pas important — mais je n'ai pas voulu l'embrasser elle ne ressemblait pas à ma mère et sa bouche était trop rouge, il faudrait bien qu'un jour ou l'autre je raconte à popa la femme quand je dors sa grande bouche rouge elle court en criant dans le corridor la nuit, ça me fait fondre dans mes couvertes je mouille dans mon lit je dégoutte partout, cochon pisseux je pue, il faudrait bien que quelqu'un fasse quelque chose je ne suis pas capable d'en venir à bout tout seul...

Mais, comme je peux me souvenir, il me semble que tout se passe en un seul mouvement, comme dans un seul bâillement du temps... Il y a souvent la bouche large de Gertrude, je vois popa qui rit de plus en plus souvent et il me laisse des journées entières chez elle parce qu'il conduit le taxi il ne rentre que le soir, des fois elle ouvre son peignoir jaune et elle me montre ça les poils et tout le mou dans ses cuisses elle veut toucher à mon zizi elle veut que je mette ma bouche dans ses affaires qui tremblotent comme de la gelée de canne-berges non non je crie *non !* je cours dans les toilettes j'ai le cœur qui lève ma tête est dans le bol je suis soulagé dans mon vomi je pue, et d'autres fois on ne couche même pas à la maison, on passe la nuit chez Gertrude, je suis dans un lit pliant dans une chambre qui sent le cirage à chaussures, dans le coin il y a une planche à repasser avec tout plein de grosses bêtes écœurantes et des faces mangeuses qui bougent dessus j'ai décidé de ne jamais regarder de ce côté je regarde plutôt la ligne de lumière orangée sous la porte, ils sont dans le salon je sais bien et j'entends le tourne-disques de Gertrude, popa fait jouer des tangos

> *dans la douceur du soir*
> *sous le ciel rouge et noir*
> *où chantent les guitares*

j'écoute les tangos et j'entends aussi le bruit de leurs souliers qui font grincer le parquet et il y a le grand rire de popa et le rire de gorge de la femme et des fois il n'y a plus rien, je dois dormir, puis je ne dors plus, ils font quelque chose dans la chambre d'à côté je la déteste, je crois bien que je me suis levé et que je suis allé dans la porte de leur chambre et je les ai vus parce que la lampe était restée allumée, alors il a crié tout bas *Alain mais qu'est-ce tu fais là?* et il était soudain debout dans la chambre ça pendait long sous son ventre les poils et toute cette viande elle la femme Gertrude sur le lit ouverte avec ses bouches affreuses c'était flic flac dans ses poils ses jus mauvais ça faisait gelée des bruits entre ses cuisses (comme la dernière fois qu'elle avait ouvert le peignoir alors elle avait dit *regarde* et elle brassait ses choses molles dans le rouge c'était comme un morceau de foie de veau déchiqueté ça faisait le bruit flac flac et les yeux lui viraient à l'envers sa bouche — l'autre, celle qui a des dents artificielles et dit des ordures — baveuse disant *liche-moi ça envoye ti-cul liche-moi ça!* et à force de la regarder dans ses muqueuses bouillonnantes ça me faisait tout drôle c'était comme quand je pisse dans mon lit elle disait *envoye envoye suce-moi p'tit cochon ah le p'tit cochon!* mais cette fois-là je l'avais regardée jusqu'au bout, je n'étais pas allé me forcer pour vomir dans le bol de toilettes non j'avais quasiment hâte qu'elle recommence parce que ça me chatouillait dans ma fourche j'aimais ça même si c'était répugnant) alors popa a marché dans la chambre, il avait des yeux affolés, et avec ses grandes mains sèches il m'a battu et la femme s'était levée elle criait *lâche-le mais lâche-le donc c't'enfant-là!* mais je ne pleurais pas j'étais dans mon lit et à présent je savais que c'était ça et que popa était une sorte d'animal redoutable avec son entrejambe gonflé et qu'il aimait faire la saleté avec la femme Gertrude — mais je ne pleurais pas j'étais presque un homme popa avait dit *tu vas aller à l'école au mois de septembre.*

Puis il me tient encore par la main, le beau temps est toujours là c'est encore l'été, on marche dans le soir et le petit vent est sucré sur les lèvres, et il dit *tu vas passer le reste de l'été là*, et nous marchons encore, nous sommes dans la ville et des autos nous dépassent en rugissant, et il dit aussi *même que tu vas peut-être aller à l'école là-bas es-tu content ?* je ne sais pas si je suis content je sais seulement que nous allons à la gare, popa ne conduit plus de taxi, maintenant il travaille dans une épicerie et il n'a plus d'auto c'est bien triste, et il dit sans me regarder *tu vas voir tu vas aimer ça ta tante Estelle est fine*, puis on était assis dans la salle d'attente de la gare j'avais envie de dormir j'ai mis ma tête sur ses genoux, et alors sans savoir comment c'était arrivé j'étais dans le wagon à côté de lui, je ne dormais pas, je touchais la toile et la peluche des banquettes et il disait *ça sera pas long tu vas voir les trains ça va plus vite qu'avec le taxi...* (Et c'est comme un éclair, je nous vois assis dans le monstre, puis voici le mouvement et le fracas de la file des wagons bousculant la nuit, le train déboulant de toute sa violence excessive dans la splendeur calme de cette nuit, grondement de métal et de bois, crachant la vapeur et les escarbilles cela surgissait brutalement, comme d'une boîte à surprise cosmique, on aurait dit déflagrant, faisant irruption dans la nuit, déchirant tout, par effraction lancé dans le large de la distance, s'arrachant aux souterrains de la gare et des entrailles mêmes de la vieille terre, entreprenant, poursuivant l'impulsion initiale, continuant dès l'origine de joindre l'un à l'autre par son seul mouvement, par la seule uniformité de son allure à présent partie à la belle épouvante, deux points virtuellement inconciliables dans l'espace — et la mémoire fait qu'ils le sont aujourd'hui dans le temps — comme Montréal et Saint-Eustache.)

Par la fenêtre du wagon je peux voir que c'est vrai. Maintenant des lumières décampent dans le noir et filent dans la nuit, on est emportés on dirait par le bruit lui-même, il y a des gens qui dorment affalés sur les banquettes mais moi je veux tout voir, puis je suis encore assis à côté de popa, j'ai la joue contre son bras, je sens les poils de son bras sur ma peau et le train nous branle de tous les côtés, on est bien, puis on descend du train je grelotte, on sort d'une autre gare, toute petite celle-là, mes yeux se ferment tout seuls je veux dormir, puis on marche dans le noir, l'air est frais et sent les arbres, alors popa met la valise par terre et il dit *donne le bras* et quand il m'a mis ma veste on repart, je suis fatigué j'ai mal dans les jambes, alors une femme ouvre une porte ça sent la cire à plancher il fait clair et doré comme du pain dans la maison, elle dit *mais mon pauvre Adjutor c't'enfant-là est à moitié mort*, alors il y a des mains sur moi et je suis tout nu, puis j'ai mon pyjama, je suis si bien dans le grand lit frais qui sent le lilas dans les draps bien secs tout est doux et moelleux je voudrais bien, mais c'est déjà la clarté j'entends des oiseaux par la fenêtre des feuilles qui font le bruit, je me lève, je suis content je n'ai pas mouillé le lit, popa va être fier de moi me donner des sous, je descends un escalier avec une grosse rampe de bois brun comme de la mélasse, j'entends des voix en bas et ça sent le café et les rôties, puis ça crie *ah le v'là viens déjeuner viens*, et alors je vois ma tante Estelle elle est debout elle touche à mes joues *viens t'asseoir* et à table il y a aussi mon oncle Arthur, il dit *viens manger y a des confitures mmmmm les bonnes confitures*, j'ai envie de rire parce qu'il me parle comme si j'étais un bebé, et je pense ils sont vieux et même très vieux, et je demande *popa?* alors ma tante Estelle vient près de moi et elle met sa main dans mes cheveux et elle m'embrasse sur le front et elle dit qu'il est parti mais qu'il va revenir, alors ça s'allume dans ma tête il me semble que je le vois hier soir dans la nuit noire dans le sifflement des arbres il court sur la route avec ses mains sur sa face parce qu'il est tout rouge il a honte de laisser son enfant chez sa vieille tante il s'en va tout seul dans la ville pour faire le jeu dans les poils de la Gertrude, alors je décide que je ne pleure pas, mon oncle dit *c'est un grand garçon* et alors un autre homme entre dans la cuisine, ils me disent que c'est Pierre leur fils unique il va se marier cet été qu'ils disent, puis c'est encore le soir, je suis fatigué parce que j'ai joué dans les champs avec des enfants il y avait une petite fille Isabelle elle disait je m'appelle Isabelle elle avait des cheveux blonds qui volaient au vent, mais c'est quand même le soir je suis dans le lit, puis je vois la femme qui hurle avec sa grande bouche rouge et je m'assis dans le lit je suis tout mouillé je suis cochon pisseux il doit être très tard, j'ai peur mais je n'ose pas crier, je n'ai personne, je ne veux pas voir ma tante Estelle, je suis capable de me lever sans faire de bruit, alors je mets un caleçon propre puis mes salopettes et mes espadrilles et je descends dans l'esca-lier je ne fais vraiment pas de bruit, puis j'ai ouvert la porte je suis un vrai Indien on ne m'entend pas, alors je marche dans la rue, il fait noir et je voudrais donner la main à quelqu'un mais il n'y a personne, je veux prendre le train pour retourner chez moi j'ai peur dans la nuit, puis je ne sais plus où je suis, tout autour c'est des grands arbres qui respirent fort dans leurs feuilles, on dirait que les arbres la nuit ça crache noir, puis je suis sur une route en terre je tremble je ne suis pas capable de me retenir parce que j'ai froid et parce que j'ai peur, puis je sens que je vais me mettre à pleurer je ne suis plus capable alors je m'accote contre un arbre et je me laisse pleurer un bon coup, et quand je me sens comme vidé et que je n'ai plus envie de pleurer je me remets à marcher, il y a des nuages bleus qui passent sur la lune, j'entends des chiens qui jappent dans des cours, puis il y a des bruits de souliers dans la poussière de la route ils marchent derrière moi ils sont apparus tout à coup comme ça comme si c'était la nuit elle-même qui les avait jetés sur la terre, tous deux sont maigres et portent des vestons pâles, il y en a un qui me demande *es-tu perdu qu'est-ce que tu fais dehors à cette heure-là ?* mais je ne réponds pas, je ne leur fais pas de grimaces mais je ne dis rien, alors ils me prennent par la main, chacun une main, et je me laisse emmener, ils disent qu'ils ne savent

pas quoi faire de moi, puis on arrive dans une petite rue
où il y a une maison blanche tout illuminée, on peut
entendre des bruits de fête et de la musique, alors on va
sur le perron, entre les colonnes blanches et les bacs de
fleurs, et ils sonnent à la porte, alors il y a une femme
tout en blanc avec des bijoux jusque dans ses cheveux,
puis ils lui expliquent qu'ils vont manquer le dernier
train pour Montréal, qu'il faut qu'ils partent, et moi je
voudrais leur demander de m'emmener avec eux mais
déjà ils ne sont plus là, je suis dans un grand salon avec
tout plein de monde en beaux habits qui boivent des
boissons de toutes sortes de couleurs, il y a des femmes
qui sentent bon comme des parterres, elles sont belles
dans leurs cheveux, on me donne des bonbons et des
chips mais je n'ai pas faim je suis fatigué, ils veulent
savoir mon nom, me ramener quelque part, peut-être
même retrouver mon père, je me dis oui peut-être
même qu'ils vont faire ça, et ils me disent *dis-nous ton nom
comment que tu t'appelles?* alors je sens que j'ouvre la
bouche parce que je veux le dire mais il n'y a rien qui
sort, et ils disent encore *comment que tu t'appelles?* et je
pleure et je frissonne parce que je ne suis pas capable de
le dire, parce que le nom ne vient pas dans ma tête, un
monsieur qui sent bon m'assoit dans un gros fauteuil et
des femmes m'aiment sur ma tête avec leurs mains
pleines de parfums et de bagues mais je ne suis pas
capable de dire le nom je dis seulement *popa popa popa* et
je pense tout à coup que moman est dans une boîte de
bois et que je ne la verrai plus jamais, alors je ne dis plus
rien, une main vient sur mon front et j'entends *cet
enfant-là est très malade*, je branle ma tête et je ne sais plus
on dirait que ça tourne dans mes yeux, c'est comme si je
n'avais plus de jambes et ça commence à être tout noir
dans moi mais j'ai le temps d'entendre une femme qui
dit *un enfant abandonné je vous dis que c'est un enfant
abandonné...*

III

Et voilà que tout cela était non pas loin — car chaque instant de son passé lui était resté collé aux semelles comme de la glaise, de sorte qu'aujourd'hui ses pas se faisaient de plus en plus lourds et qu'un jour cela commencerait infailliblement à ressembler à ce qu'on appelle la vieillesse —, pas vraiment éloigné dans le temps ou dans les arrière-plans de la mémoire, mais seulement mis de côté, comme un livre qu'on n'a pas toujours envie de lire mais qu'il faut garder sous la main, avec tous ses signets et toutes les notes dont on a rempli les marges, parce qu'on va en avoir besoin d'un instant à l'autre : à présent, il avait tout de même pris une sorte de possession de ces choses qu'il renfermait et qui ne faisaient qu'un avec lui, et il se rendait compte qu'il se souvenait aussi de bien d'autres miettes de vie qu'il n'avait pas, pour le moment, l'intention d'écrire dans son livre. Il ne tenait pas à ce que le livre fût un tout. Non, il savait bien qu'il ne pouvait pas, ne devait pas tout dire en une seule fois. L'important, c'était d'avoir en lui la totalité des jeux disponibles et possibles de ses grandes orgues dont il fallait une vie entière pour apprendre à jouer — quand on arrivait à l'apprendre. Un registre à la fois, pensait-il, une tirette à la fois, pas le fortissimo tout de suite, pas tous les tuyaux

ensemble... De toute façon, cela viendrait peut-être
plus tard — mais cela n'avait aucune importance —,
quand il aurait à force de travail et de solitude entrevu
des amorces de réponses aux questions qu'il en était
encore à se poser interminablement, avec une espèce
d'obstination forcenée, de détermination inflexible et
sans doute un peu ridicule dans sa vanité (comme une
souris blanche, folle blanche avec ses yeux rouges
comme des morceaux de vitre, qui tourne jusqu'à la
mort dans sa cage). Mais cette connaissance ne lui serait
accordée, il le savait, que dans un futur encore trop
lointain pour ne pas être totalement abstrait et
inimaginable, un futur qui lui apparaissait aussi loin,
devant lui, que le plus vertigineux passé qu'il pouvait
imaginer derrière, plus loin dans l'autre direction que
les ères floues et tonnantes où s'ébauchaient les
brouillons démesurés de la vie, où grouillait un bestiaire
qu'on aurait dit sorti tout droit d'un cauchemar de la
terre, des créatures inouies défiant la raison et presque
les lois de la nature même qui les avait engendrées,
gigantesques brouteurs de frondaisons, diplodocus et
brontosaures, dinosauriens mes amours, l'archi-vieux
temps des prédateurs à triples mâchoires d'acier — un
genre de super-futur post-historique où il allait peut-
être un jour déboucher ou se réveiller... Ce serait en
tout cas l'époque où il aurait enfin découvert les seules
vraies questions qu'il fallait poser, pas même les
réponses, au fait, non, rien que les interrogations
primordiales qui contiendraient virtuellement en elles
des évidences qui rendraient dérisoires et inutiles
toutes les pages, tous les mots — confettis pauvres
confettis du cœur que le temps disperse —, l'œuvre
qu'il aurait à ce moment laissée derrière lui comme une
trace, comme la preuve pitoyable que limace il était
vraiment passé par là, eh oui avait bel et bien vécu dans
son petit trou de temps, démiurge à cinq sous avait
voulu acquérir par le seul jeu de sa volonté ou de son
orgueil démesuré le droit ou le pouvoir d'être en

quelque sorte immortel. Mais il était encore trop tôt
pour percevoir dans sa perspective exacte et sa vraie
signification le glissement du destin où il se sentait
entraîné, de son destin qu'il avait pourtant l'impression
de construire lui-même mais qui se dérobait et fuyait
sous lui comme un torrent, et cela l'emportait terrible !
il n'y avait pas moyen de se raccrocher à rien, pas
moyen de retenir quoi que ce, fût, il n'était et ne serait
jamais que lui-même tout nu dans cet énorme déva-
lement, et certains jours il avait positivement la
sensation — pas le sentiment, la vraie sensation — de ce
mouvement dans les profondeurs de lui, comme s'il
allait se désagréger dans le perpétuel changement de ce
qu'il n'était jamais assez longtemps pour pouvoir dire
au moins une fois JE SUIS !

Pour écrire ce livre, il lui faudrait nécessairement
quitter le monde de sa première enfance pour en
arriver, bon gré mal gré, à parler de la rivière. Car
c'était là, en définitive, ce dont il se proposait de parler.
La rivière et le ventre de la rivière — le drame absurde
qui s'était joué là. Et le moment était venu, à présent, de
mettre en place tous les éléments de cela, décors et
visages qui remontaient de sa mémoire... Cela lui
revenait par bribes, par fragments, des morceaux de
visages, des gestes qui avaient appartenu il ne savait
plus trop à qui mais qu'il faudrait restituer à leurs
propriétaires, des sons difficiles à identifier et à insérer
au bon endroit dans le puzzle, des voix la voix rugueuse
du pepère Tobie, oui cela lui était entièrement rendu, le
vieux Tobie son odeur de dessous de bras, les senteurs
chaudes qui sortaient de ses vastes pantalons on aurait
dit éternels, bruns ou bleu marine, en épaisse étoffe
râpeuse, qu'il portait été comme hiver et qu'il ne faisait
vraisemblablement jamais laver (maintenant c'était
vrai, maintenant tout lui remontait dans la tête), le
visage blanc les cheveux blancs de memére Vieille avec

ses mains maigres et cassantes comme fragiles coquillages, oui tout était là comme cela aurait toujours dû y être, tout, la maison du pepére et le terrain sa longue pente à la rivière, le saule et les vinaigriers, il peut encore sentir dans son nez le parfum des roses blanches que la tante Philomène cultivait le long de la clôture de bois peinte en vert, l'haleine moisie qui émanait de la resserre où Tobie gardait sa chaloupe qu'il lui laissait parfois prendre pour sortir un peu sur la rivière quand les écluses du barrage étaient fermées et que l'eau s'aplatissait comme si elle n'avait plus eu de profondeur, comme une feuille de ce papier brillant dans lequel les cigarettes de l'oncle Philippe étaient enveloppées, ah oui il avait tout cela dans la tête il savait qu'il pourrait désormais y puiser ce qu'il lui fallait pour dire

je savais que la rivière mangeait les enfants, pepére l'avait dit il la connaissait dans les moindres mouvements de son eau méchante, et voilà qu'il fallait qu'il prenne garde que la rivière ne me dévore, car à présent je vivais avec lui et memére Vieille et tout le monde des mononcles et des matantes pas encore mariés, non je n'aurais pas voulu non pas pour tout l'or du monde retourner dans la maison de Saint-Eustache, et popa vivait maintenant avec la Gertrude et il plantait à l'aise son bout de viande dans les poils les bouches puissantes de la femme qui le dévorait de partout, c'était facile puisque moi je n'étais plus là pour en pleine nuit me lever et les regarder faire, non, moi j'étais chez pepére Tobie, je connaissais comme depuis toujours la maison de déclin blanc avec son toit de bardeaux noirs, il y avait dans le hall d'entrée un colossal escalier de chêne doré, elle dit *je veux pas que tu glisses sur la rampe as-tu compris?* et souvent la grosse Philomène me claque moins pour me punir que pour se défouler (les humeurs et les jus de femme non assouvie, les tourbillons qui certains jours devaient lui monter du ventre à la tête, les impuissances torrides des nuits solitaires — je savais la bouteille de

brandy qu'elle cachait dans un coin de son placard, sous
un amoncellement de vieux souliers de cuir racorni,
ah Seigneur les mauvaises ivresses la bouche pâteuse
des nuits d'insomnie quand elle regardait en râlant le
plafond gris de sa chambre aux rideaux tirés, tandis
que des chauves-souris stridentes passaient dans le
jardin et que des matous se lamentaient dans la nuit et
que le vent lui poussait à travers la moustiquaire tous
les parfums torturants des charmilles et des balcons
et des jardins suspendus qui lui resteraient à jamais
interdits, les baisers à la brunante et les étreintes au
clair de lune et tout l'assortiment romanticard violons
étouffés larmes au coin des yeux mon amûr je suis
toutàtoi, cela elle ne pourrait le vivre que par le truche-
ment de ses lectures à cinq sous ou des films bleu et
rose qu'elle allait voir régulièrement toutes les deux
semaines, tous les deux samedis, molle et lente dans ses
robes imprimées ou son imperméable dont la ceinture
la coupait par le milieu comme un sablier, ou l'hiver
engoncée dans son manteau de mouton de Perse gris et
les pieds chaussés d'incroyables bottillons noirs ornés
de touffes de fourrure, elle partait sans rien dire à personne, fermant soigneusement la porte derrière elle et
traversant sans jamais se retourner le boulevard Gouin,
et bientôt elle disparaissait au tournant, l'après-midi
passait et avant le souper elle faisait son apparition au
même tournant, marchant toujours de son pas égal, son
front obstiné penché vers la terre, revenant avec l'allure
tranquille de quelqu'un qui a fait son devoir, pas plus
souriante ou rassérénée ou même égayée par ce qu'elle
avait fait, aussi inamovible et impénétrable que d'habitude, comme si elle revenait seulement de la messe ou
d'une visite chez une vieille amie où elles auraient tri-
poté des dentelles et des coupons de tissus tout en
buvant du thé et en grignotant des biscuits secs, et non
d'une salle de cinéma où elle s'était empli la tête de rêves
bon marché dont la vertu allait apparemment lui suf-
fire pour tenir encore deux semaines, dont les images

allaient alimenter durant ce temps les rêveries des soirs
et des nuits où elle se griffait le dedans des cuisses en
grinçant des dents et où elle avalait ce feu qui lui faisait,
sinon du bien, du moins ce qu'il fallait pour que la vie lui
paraisse un peu plus moelleuse ou, simplement, un peu
plus abstraite), alors des fois je pouvais voir ses doigts
étampés rouge sur mon bras (je vais le dire à pepére !), à
ces moments-là je la haïssais, je savais très bien que
j'aurais pu lui faire honte la faire crier de rage, elle
confuse boulotte avec ses mains plaquées sur sa face
rougissante, oh oui ç'aurait été facile, je n'aurais eu qu'à
dire devant tout le monde, au salon par exemple quand
il y avait de la visite, à dire ce que je savais, le fiasque de
brandy et les soûleries dans la pénombre, car moi je me
levais, silencieux comme pas un, quand elle était soûle
je pouvais entrouvrir sa porte et elle ne s'apercevait de
rien, pensez-vous ! les yeux tout virés à l'envers comme
autrefois la Gertrude, et comme elle d'ailleurs se
travaillant dans l'organe, je pouvais voir cela, c'est-
à-dire que j'en imaginais une bonne partie puisque ça se
passait dans cette chambre aux rideaux tirés où même
la pleine lune ne jetait qu'une sorte de lividité spectrale
où je croyais distinguer son sexe ouvert dans les masses
de chairs ballantes, et ça me paraissait grand comme
une cathédrale, je riais en moi-même et je me redisais
comme une cathédrale, et elle se brassait ça, exactement comme la femme Gertrude, et des fois elle
prenait dans le tiroir de sa table de chevet une boîte
qu'elle ouvrait à l'aide d'une clé et elle en sortait un
objet que je ne pouvais jamais voir et elle faisait avec ça
quelque chose dans son poil et je voyais sa croupe
énorme qui se soulevait et s'abaissait sur le matelas en
faisant grincer le sommier... J'aurais pu dire cela, mais je
me taisais, sans doute parce que je sentais qu'il y avait
là-dedans des éléments qui m'échappaient, des amorces
d'actes incompréhensibles, de la douleur et du désespoir
et une façon d'innocence, une vie larvée, une pauvre
passion si complètement inoffensive que même l'enfant

que j'étais en percevait jusqu'à un certain degré le pathétisme — ou, du moins, comprenait intuitivement qu'il était interdit de parler de ces choses-là, d'autant plus que tout le monde devait savoir à peu près de quoi il retournait, une histoire probablement parallèle à l'histoire vraie s'étant lentement et pernicieusement élaborée dans l'immense cuvette où tombent fatalement un jour ou l'autre les ragots de famille, de sorte qu'on feignait de ne rien savoir et que la pauvre Philomène elle-même devait faire semblant d'ignorer que les autres savaient quelque chose qui n'avait peut-être rien à voir avec la vérité mais dont il n'était évidemment pas question de discuter yeux dans les yeux et cartes sur table...

Comme je le vois et comme il avait toujours vraisemblablement été, le terrain de Tobie descendait en pente douce vers la rivière, un très long terrain qui partait du boulevard Gouin et qui allait pour ainsi dire se coucher tranquillement sous l'eau avec une espèce d'obstination de terre et d'herbe devenant imperceptiblement autre chose: je veux dire un interminable mouvement brunâtre vers l'est, vers la dilution fluviale et océanique, le recommencement, le cycle de la vie et de la mort en passant par le pourrissement... Mais à ce moment-là, je ne savais pas exactement cela, c'étaient les jours tout simples de l'enfance, les matins rutilants qui m'entraient librement dans la tête, et alors, dans ces années-là, la rivière était encore relativement pure, ou du moins elle n'était pas complètement pourrie, il restait de l'espoir et même plus tard, à l'époque de la montée des sèves étouffantes de l'adolescence, tout en me souvenant avec nostalgie des plus beaux jours de mon enfance et de ce qui fichait le camp dans moi et autour de moi, tout en pensant à cela comme si déjà j'avais été vieux, même à cette époque je pouvais encore aller me saucer aux plages de la rivière, on se baignait en toute quiétude, ou en état de parfaite ignorance,

dans cette eau qui pourtant commençait à se teinter
d'inquiétantes diaprures, c'étaient reflets huileux ou
effets de nacres équivoques à vous arracher la peau, les
eaux par endroits mordorées et charriant limoneuses
des tapis d'algues vert acide, et de plus en plus selon les
jours et les chaleurs des étés les poissons morts et les
barbottes ventres blancs en l'air s'échouant puer sur le
sable des plages dans le foisonnement métallique
vrombissant des mouches vertes, tout devenait impossible, on se le disait mais on faisait semblant de ne pas y
croire, et de tôt matin un employé sortait sur la plage
et, subreptice et pour tout dire illégal, promenait un
râteau sur le sable, ramassait presto le vomi de la rivière
hoqueteuse, les déjections que la grande rivière malade
avait laissées sur la rive au cours de la nuit, car il fallait
toujours faire croire que ça pouvait aller, qu'on pouvait
impunément, cette année et peut-être même une autre
année après ça, se mouiller la viande dans le courant pas
plus dangereux somme toute que n'importe quoi, mais
déjà les journaux en parlaient, les popas et les momans
n'y amenaient plus leur petite famille, les plages
fermaient, pas toutes mais plusieurs, et les momans
disaient aussi qu'il ne fallait pas aller se baigner là-
dedans, qu'on risquait la mort et même pire, mais moi
j'avais l'âge de rire de tout et particulièrement de cela,
remontrances et objurgations rien n'y faisait, que
voulez-vous c'était l'adolescence et de toute façon je
n'avais pas de mère pour dire non, la Philomène s'en
fichait éperdument et pepère virait capotant dans ses
délires, tout gaga devant son poste de télévision du
matin jusqu'au soir, ne sortant plus que rarement et ne
voulant plus rien savoir — et c'est ainsi qu'il allait durer
des années et des années, jusqu'à son quatre-vingt-
onzième anniversaire où on le fêterait et où l'enfant
Éric se noierait dans la rivière, c'est ainsi qu'il allait
traverser le temps comme un oublié, tout à l'envers
dans sa tête mais avec encore de temps en temps des
moments de rémission où il pouvait vous raconter

toute sa vie et celle de tout le monde qu'il connaissait
sans omettre la moindre seconde, et puis il y avait sa
bombarde mais ça c'était une autre histoire —, mais cela
également, ça me faisait hausser les épaules, l'âge ingrat
qu'ils disaient en me désignant avec commisération,
boutons comédons et tout et tout, et on profitait des
dernières plages qui restaient ouvertes en défi au bon
sens et sans doute à la loi, on allait s'enfermer dans les
petites salles de danse en bois, dans le grondement
magistral du juke-box avec ses feux clignotants les
lumières multicolores alors nous dansions, c'était la
grande époque de la furie Elvis, ouioui, les longues
effusions pincées guitaresques du bientôt défunt Buddy
Holly, ah se trémousser en maillot de bain, le vice en
tête et beaucoup plus bas ô l'abomination qui allait me
vitrioler l'âme, question, tout bêtement, d'exercer mes
instincts flambant neufs dans autre chose que ce qu'on
appelait gravement le plaisir solitaire, anathème sur le
masturbateur! les fléaux qui le guettaient! sans en
avoir l'air on nous pressait d'en finir avec les branle-
queues et le jeu de pompe tout rigolo voir jaillir le jus
essentiel dans le bol, étrons et sperme dans le même
trou! et je sentais que ce temps-là s'achevait et qu'il
valait bien mieux directement me frotter peau contre
peau avec les petites agace-pissettes en bikini, terrible!
danser des slows sans presque bouger sauf dans les
organes affolés et du bassin se trémousser s'écraser la
queue contre le pubis et les cuisses consentantes des
filles qui se donnaient des airs de ne pas s'en apercevoir
et surtout de ne pas y toucher — et c'était justement
cela, le problème: car le slow terminé on se retrou-
vait au beau milieu de la petite piste de danse avec le
maillot qui n'en pouvait plus et qui craquait de partout,
tendu à arracher les coutures, et il fallait tel quel revenir
quelque part le long des murs, rasant les murs tout
imbécile et tout rouge, avec l'impression idiote de ressembler à un trépied — et alors trop souvent il n'y
avait plus qu'à abdiquer, à se rendre à l'évidence que

le petit problème des mauvaises habitudes tant et tant
dénoncé par tous les confesseurs et tous les pernicieux
Alexis Carrel, que ce problème était loin d'être réglé,
du moins définitivement, car que faire dans l'état forcené, dans ce rut aveugle qui nous tenait au ventre
au moment où nous sortions de ces danses assassines ?
bandaillant encore ferme, inassouvis, frustrés, alléchés
comme dix mille Tantale tandis que les filles dans leur
coin nous montraient du doigt en ricanant sottement,
en tout cas moi j'allais parfois m'enfermer directement
dans la bécosse derrière la bâtisse et au diable la santé !
tant pis si je deviens fou et si je perds la mémoire et si
mes cheveux tombent et si je maigris et si j'ai les yeux
cernés et si je marche voûté ! calamités vous pensez si
je m'en foutais ! tout grelottant courbé dans la bécosse,
secouant l'organe à vous arracher la petite cabane de
sur sa base, à l'échelle Richter qu'on aurait pu mesurer
le truc je le jure ! il fallait bien trouver un soulagement
quelque part, j'étais sous pression la sauce voulait absolument sortir, et soudain ça y était et je pensais bon ça y
est je viens encore de raccourcir ma vie ah si c'est pas
triste ! mais je regardais les grosses gouttes gluantes qui
descendaient lentement le long du mur de planches
grises et tout en moi redevenait clair, j'étais prêt à
retourner danser — faut dire qu'à cet âge-là on ne veut
rien savoir...

Mais au fur et à mesure que le temps passait, je
m'apercevais que ce que je laissais derrière moi
ressemblait en fait à la rivière elle-même, qui dans ses
rives continuait de couler comme une diarrhée obscène,
et tout s'écoulait ainsi derrière moi, le long de ce qui,
avec une sorte de rage patiente, persistait à se
transformer en souvenirs — au même titre que le
visage de ma mère mangé par la blancheur des oreillers,
puis posé comme un fruit gâté et répugnant sur le satin
piqué de son cercueil —, c'est-à-dire que je m'apercevais
que je sortais de l'âge fou et que toute ma vie vécue

pouvait presque sur commande s'étaler sous mes yeux comme une immense toile de fond où je me sentais durer, ressemblant d'une certaine façon à un cyclorama perpétuellement en mouvement et se transformant sans cesse, et c'était là que figurait et vivait pour une espèce d'éternité l'ensemble de ce qui était resté derrière moi, les gestes et les paroles disparus, les images des morts et des vivants, tout survivait là d'une façon continue et uniforme, depuis le moment où j'avais jailli, moi, de mon aquarium de chair, à partir de l'instant où un éclair d'acier avait sectionné mon cordon de cosmonaute et m'avait isolé une fois pour toutes de la capsule-mère qui m'avait transporté jusque sur ce plan de l'existence...

Mais à présent que je peux vraiment me retourner et regarder derrière et sonder le fond de ce tableau, je comprends que tout avait commencé bien avant cela, que je pourrais à volonté puiser jusque dans les ultimes profondeurs des origines qui se présentaient comme en enfilade, par corridors contournant en quelque sorte le temps et traversant aussi les existences successives qui avaient abouti à ce qui souffrait et durait et luttait obstinément dans le livre, à cet homme que j'avais été, toujours le même — jusqu'à aujourd'hui, jusqu'à l'instant précis où je le dis sur le clavier vert de la machine à écrire — mais continuellement changeant, sans cesse différent à chaque infinitésimale fraction de seconde de ce qu'il croyait avoir été jusque-là, à mesure que le temps soufflait sur lui avec la fureur démente du vent qui use les montagnes... Mais on ne veut pas changer, cela fait peur, on rêve de traverser la durée et de passer dans l'infini et la survie sans modifications, de sorte que certains consacrent et perdent peut-être leur vie à rechercher un moyen — toujours dérisoire et pitoyable — d'être éternels... Ainsi, je savais que pour recouvrer ou acquérir le sens de l'éternité, pour éprouver le sentiment de mon unicité, je n'aurais un

jour qu'à évoquer la face craquelée de memére Vieille se
berçant interminablement dans sa cuisine en grinçant, et alors surgirait l'un ou l'autre — ou plutôt une
mixture — des jours et des nuits passés dans la maison
au bord de la rivière (où je reviendrais plus tard, bien
plus tard, pour y consommer le drame et connaître de
nouveau le désespoir des abandons), cette maison où,
quoi que j'aie fait ensuite et quoi que je fasse, survivrait
toujours, quelque part dans les vibrations du temps et
dans les plissements des éthers, un enfant assis sur le
grand perron couvert où grimpent la vigne vierge et les
gloires-du-matin, feuillages et fleurs ça s'enlaçait à des
treillis verts et ça montait jusqu'au toit de tôle, c'est
l'été des fois il pleut ça s'écroule sur la tôle comme
grondement de l'enfer même dans les canicules il y fait
frais ma tante Philomène m'apporte en bougonnant de
la limonade et des biscuits à la mélasse je peux lire des
albums memére a fait un gâteau pour souper ça sent
bon par la fenêtre il y aura aussi de la galantine et du
pain frais là-bas le soleil rouge vibre sur la rivière ça
fait mal aux yeux je veux aller en chaloupe sur la rivière
je suis capable de ramer je suis fort mais pepére Tobie
ricane autour de son gros dentier il fait un clin d'œil à
monsieur Boéchaut le voisin qui nous regarde les mains
dans les poches et pepére dit *non Alain non si tu prends la
chaloupe tu vas te néyer aussi vrai qu'y a un bon Dieu qui nous
regarde t'es ben trop p'tit eh mon pauvre enfant la rivière fait des
saprés remous à matin c'est ben trop dangereux aujourd'hui la
rivière a quasiment l'air de vouloir manger les enfants...*

Car il faudra bien, tôt ou tard, parler de son ignoble
appétit d'eau : en fait, c'est là que j'avais toujours voulu
en venir... D'abord dire comment avait débuté cette
journée infernale qui allait tragiquement culminer au
bord de la rivière, à guetter l'œil jaune de l'embarcation
de la police qui glissait et sautillait sur l'eau noire
comme un gros insecte, cette journée qui s'était re-
montée crinquée d'un cran lorsqu'ils l'avaient ramené

dans leurs bras et l'avaient, paquet de guenilles rouge et
blanc, déposé sur l'herbe du terrain de pepére Tobie —
lui, le pepére, il était resté sous le saule, ils l'avaient
oublié sous son saule, il buvait de la bière et fumait un
énorme cigare qui puait, c'était la journée de son
anniversaire qui achevait, le jour de ses quatre-vingt-
onze ans, et ils l'avaient oublié comme une vieille
souche, lui, assis dans ses vêtements de vieux, sa veste
de petit lainage rouge et blanc usée aux coudes mais
qu'il n'avait jamais voulu jeter, que la Philomène lui
avait mise sur les épaules à un moment donné parce que
le soir fraîchissait, en réalité il faisait encore chaud et
même torride mais il y avait une haleine humide qui
montait de la rivière, c'était bien peu mais suffisant
pour emporter le vieux par la poitrine, pneumonie
comme rien, c'est fragile les petits vieux de cet âge-là, il
allait partir comme porcelaine par morceaux, tout petits
morceaux cassé, miettes dans l'éternité paf! éclater,
mais pour le moment il était là, très vivant, séveux
comme les branches mêmes de son saule géant qui
bougeait sombrement au-dessus de sa tête et dont les
feuilles frôlaient les larges bords de son chapeau de
paille blanc —, ah oui parler de cette journée qui allait,
au-delà de la nuit et des soubresauts du chagrin et de la
solitude, prendre fin en plein Montréal, dans toute la
péau rose de l'aube qui avait quand même point quelque
part vers le bout de la rue Sherbrooke où je marchais
sans vraiment le savoir — dire comment je m'étais
réveillé, ce matin-là, avec cette fille nue dans mon lit (à
la place d'Anne, son corps dans l'empreinte même
qu'avait fini par laisser — bien plus dans le temps et
dans le souvenir que dans le matelas — le corps d'Anne
à ce moment toute partie dans le dévirement de sa tête
malade et retournée vivre avec sa mère qui ne valait pas
mieux), me réveillant mal, bouche et tête pâteuses,
vasouillant misérable dans l'à-peu-près de mes souvenirs de la veille, mes souvenirs tout gommés où je
croyais distinguer dans les brouillards qui me restaient

de la soûlographie cette boîte de la rue Crescent, je dansais avec elle l'inconnue fille cochonne dans la lumière multicolore et pulsante de la piste, grosses gorgées de bière que je faisais de force descendre dans moi comme pour me noyer de l'intérieur et effacer le visage d'Anne qui n'avait pas cessé de m'habiter, puis dans l'auto avec elle je le faisais sur sa peau avec mes mains, elle disait Louise je m'appelle Louise car je disais encore Anne, quand j'avais trop bu je disais Anne il fallait faire attention, alors on était empoignés sur la banquette et sa bouche goûtait le tabac, alors je conduisais et les lumières de la rue chaviraient dans les vapeurs de l'alcool, puis on était chez moi dans le vestibule en haut de l'escalier on se tâtait embrassait encore, french kiss à lui arracher la glotte, j'avais ma main dans sa culotte dans l'humidité de l'organe tout glissant, il me semblait que la senteur marine de la touffe et de la fente surexcitée était dans mon nez, j'avais le sperme qui me montait pour ainsi dire à la tête et qui me sortait par les pores, liche liche on en perdait lumière, alors on était dans la chambre, on sentait l'animal et tout râlants on s'arrachait nos vêtements haletant on se faisait mal on criait sur le lit parce qu'on se lâchait lousses dans nos fourches dans le flot écumant des lubrifications on le faisait comme des fous...

Voilà : c'était le matin et je commençais à me réveiller — du moins, je savais que je ne dormais plus tout à fait et qu'il allait falloir que j'ouvre les yeux... Lumière blanche sous mes paupières dans peu de temps j'allais être capable d'ouvrir les yeux pour de bon. Je sentais que je n'avais pas la gueule de bois. Je n'avais jamais la gueule de bois. Je ne dormais plus, et pourtant des ombres floues passaient encore au fond de ma tête, semblables à des convives qui sont restés jusqu'à la dernière minute et qui, à la fin, doivent se retirer sur la pointe des pieds parce que tout le monde est allé se coucher et qu'on les a laissés seuls au salon... Mais mon sommeil était en train de sortir de moi, l'insaisissable décor de mon rêve glissait hors de ma portée et commençait déjà à se résorber dans quelque chose comme l'oubli... Et je reprenais peu à peu ma place dans mon temps et dans mon espace, à présent je pouvais sentir contre ma hanche droite la chaleur du corps de Louise. Je sentais cela, et dans mon nez je sentais aussi les odeurs moites de ce matin d'août qui stagnaient dans la chambre, corps qui ont sué durant le sommeil et surtout avant, quand nos ventres se sont collés ont glissé l'un sur l'autre je la fouissais par-dessous ô laboureur acharné du soc dans la chair la plus tendre de sa chair de femme le secret velu l'animale qui bâille suinte et complètement vous pompe (jeune j'imaginais que c'était le meilleur de ma cervelle qui se vidait par là dans la frénésie du membre à toute fureur voué crachant épais la matière cérébrale qui ô terreur ! ne me serait jamais rendue, j'avais lu qu'on devenait fou et qu'on perdait la mémoire, lâchez-vous la graine va vous tomber cochons disaient les frères maristes écumants mais tzing ! tout grimpés en l'air dans leur soutane, eux qui le soir même allaient se ramollir les os pas pour rire et perdre leurs cheveux par poignées dans la solitude lubrique de leur chambre où ils murmureraient en bavant de désespoir et d'ardeur inutile des mots obscènes — et comme convulsionnaires se tordraient sur le parquet froid en se brassant malaxant la pine)... Alors j'avais envie de rire en pensant aux bons frères et je savais que cette fois j'étais bien éveillé. Ne resterait plus qu'à ouvrir les yeux. Et pourtant, je m'accordais encore un répit. Respiration régulière de Louise, on n'entendait rien d'autre que le tic-tac du réveil et les rares autos du samedi matin qui roulaient en feulant dans la rue... Je restais là, à l'affût, car des lambeaux de rêve me passaient encore par la tête, c'était comme un arrière-goût... Ou cela faisait penser à un inquiétant graffiti laissé sur un mur par un visiteur de la nuit. Il n'en subsistait déjà plus grand-chose... Impression d'avoir descendu un très long escalier, la lumière s'amenuisait là-haut, puis je parcourais d'interminables couloirs suintants, caveaux, cryptes reliées à d'autres cryptes, courses éperdues dans des boyaux souterrains où je m'engluais dans la boue, comme pour naître à une nouvelle lumière (mais qu'était-ce donc que la lumière que j'avais laissée en haut de cet escalier?), mais de toute façon je ne savais plus très bien, c'était tout flou il me restait de vagues images de toilettes et de portes brunes, des portes aussi qui s'ouvraient sur des chambres vides et aussi des portes fermées ah oui il valait mieux ne pas ouvrir les portes pour voir ce qu'il y avait derrière, on ne sait jamais, des fois que le réveil n'arriverait pas au bon moment pour vous tirer d'un mauvais pas, pour vous arracher à une horreur abjecte où vous vous enlisez, on ne sait pas si on pourra se tirer de là à temps et si une bonne fois on n'ira pas trop loin, emporté dans le courant tout-puissant du rêve qui part à la belle épouvante et file pas arrêtable dévale dégringole comme Niagaras et vous arrache à vous-même, et soudain il est trop tard, plus moyen d'échapper à cette machine emballée, les bielles sont démentes à brasser l'air les engrenages sont affolés jamais plus vous ne vous réveillerez!... Mort au sein même de votre vie, mort avant la mort, vous avez le troisième œil grand ouvert et vous voyez tout, lucide à hurler, poigné pour l'éternité dans le foisonnement de vos phantasmes qui vous vomissent et que vous vomissez, géantes formes de votre enfer intime, protoplasmes blasphématoires qui ululent autour de vous, béhémots et cavalcades d'apocalypse ça fond sur vous, c'est quoi ce troupeau? licornes ou quoi? ohé ohé la terreur en sabots! et c'est là-bas, immense grouillement bouchant tout l'horizon et occultant toute lumière, ça s'est levé et ça grossit et ça se rue et ça grince des dents et hurle et gronde spécialement pour vous, ah le troupeau furieux qui s'est mis en branle au fond des pays secrets de votre âme, ça vient furibond comme un nuage noir au bord du firmament, et se déployant dans le loin soulève la poussière et ébranle le sol instable où vous vous tenez depuis toujours et vous comprenez subitement avec un hoquet de terreur que tout s'achève et que votre vie intérieure ou extérieure ne vaut plus grand-chose, qu'en somme vous n'avez jamais été beaucoup plus que le tout petit point de l'extrême pointe de l'aiguille sur laquelle il faudrait faire tenir la terre en équilibre, vous n'êtes plus rien, à peine votre faible souffle au-dessus d'une eau noire qui bouge, à moins que ce ne soit pas autre chose que de la ténèbre palpable, mais de toute façon le sol s'est dérobé sous vos pieds vous ne trouvez plus d'appui vous êtes aspiré dans le noir clapotant hideusement au fond de vous-même, vous ne songez plus qu'à dérisoirement surnager mais ce n'est plus pos-sible c'est une boue froide qui vous agrippe au fond des oreilles et vous entraîne dans son néant tandis que le troupeau furieux et mugissant déchire l'air et vient écarteler votre rêve et c'est à ce moment qu'il faut sortir et émerger, se réveiller, tandis qu'il en est encore temps, dans la continuité banale et insidieusement rassurante de la vie de tous les jours...

Louise a remué sa peau glissait sur ma cuisse et j'ai sursauté j'allais me rendormir. Mais je n'ai pas ouvert les yeux... Lumière blanche ou un peu dorée entre mes cils, je sentais qu'il faisait beau... À vrai dire, j'avais envie de me lever, oui rejeter les couvertes et tout nu me lever dans la splendeur de ce matin d'été — mais je restais là et ne bougeais pas... J'ai pensé à ses seins et à la manière qu'elle avait de les bouger et j'aurais aimé goûter à sa peau avec ma langue mais je suis resté parfaitement immobile... Au fond, après nos prouesses de la veille, ça ne me disait rien, la petite séance de piston matinal... et avec la bouche qu'on peut avoir au réveil et les sueurs et les sécrétions mucilagineuses de la nuit... Et puis la satiété, bien sûr... Dans ces moments-là, il m'arrivait de penser malgré moi à la Gertrude... Il y avait des périodes où cela me hantait, je revoyais ses cuisses éléphantesques les montagnes de cellulite l'espèce de flasque fanion violacé qui pendait lamentablement dans ses affaires molles pisseuses, mon Dieu elle aurait voulu que je la suce là-dedans j'avais vomi dans le bol tandis qu'elle hurlait de rire dans la chambre — ah des fois le cœur m'en lève encore ! —, et c'était cela qui me revenait dans les périodes rampantes de ma vie, les heures de dégoût et de fatigue universelle, de solitude et de désespoir... C'était cela ou autre chose, je ne sais pas — en tout cas, ça me reprenait parfois et alors son odeur pourrie à elle la Gertrude venait me poigner dans l'espèce de nez qui en moi se souvient de ces choses-là, et bien sûr ça m'enlevait pour un bout de temps le goût de taponner les femelles...

Mais cette fois c'était la satiété, je sais bien... La satiété et les libations de la veille... Car tout cela me fessait dans le corps et je commençais à me demander si, en fin de compte, je ne l'aurais pas, la gueule de bois... Non... Fatigué tout simplement... Rien que ne pourrait pas arranger une bonne douche. Mais j'avais surtout envie de me lever parce que c'était samedi matin... Paternité du samedi je pouvais aller chercher Éric chez sa mère... Oublier durant deux jours la maison d'éditions, les manuscrits qui s'empilent, les auteurs tous plus géniaux les uns que les autres, les commis-voyageurs des lettres, les gagas du stylo bille et les Triboulets de l'establishment littéraire, oublier la grande fatigue qu'ils me donnaient parfois mais qui m'était nécessaire et où je me sentais vivre — mais non, non, je ne voulais pas penser à cela pour l'instant. Plus tard, on verrait cela plus tard...

. . . .

Il alla prendre un verre d'eau à la cuisine, puis il entra sur la pointe des pieds dans la chambre rose et il vit que Myriam dormait à poings fermés et que la santé

était dans ses grosses joues rouges et il referma la porte
en souriant, puis il se rassit devant la machine à écrire
et un moment il chercha dans ses souvenirs, ou ailleurs
dans sa fausse mémoire d'auteur, et alors, sans se
presser, voyant tout dans sa tête et réinventant le
temps avec facilité, il écrivit:

Au moment même où je refusais de me réveiller
tout à fait et que je restais étendu contre le flanc de
Louise toute nue, je ne pensais pas à Anne. Ou, du
moins, j'avais l'impression de penser à autre chose,
n'importe quoi sauf elle — alors que, depuis la grande
rupture, une sorte de présence d'Anne s'était
constamment interposée entre moi et mes propres
pensées, un genre de substrat de souvenir qui avait tout
imprégné, un souffle très ténu comme les derniers
soupirs de quelque chose ou de quelqu'un qui va
mourir, mais dont le parfum tenace avait de quoi vous
rendre fou... C'était, en fin de compte, du romantisme à
la petite cuiller, une faiblesse sans doute dans mes
structures les plus intérieures... Je ne pensais pas à
Anne mais il y avait en moi une mémoire inconsciente
et incompréhensible qui se souvenait continuellement
d'elle, c'était pour ainsi dire toujours allumé, une
veilleuse de l'âme, une désuète lampe du sanctuaire de
l'émotion perpétuelle — et ce recoin de moi savait qu'en
ouvrant les yeux je verrais de nouveau la chambre et du
même coup tout ce qui m'était resté d'elle, tout le
tangible de ce qui pouvait encore me la rappeler, les
meubles qu'elle avait choisis avant notre mariage et le
papier peint rose à fleurs vertes que nous avions collé
sur les murs à peine quelques semaines avant que sa
tête ne craque dans les courts-circuits de sa maladie, oui
elle avait la maladie dans ses nerfs et d'un seul coup elle
avait fait ses valises et elle était partie ça ne ressemblait
à rien, elle était disparue pour toujours (ce qui s'appelle
toujours, irréversiblement, dans la souffrance de la mémoire)... C'était encore trop récent, les plaies n'étaient

pas encore cicatrisées... Il y avait encore des soirs de
noire solitude, des nuits où j'avais bu jusqu'à la stupi-
dité et à l'hébétude, alors que je rentrais dans cet appar-
tement vide sans ramener de fille pour caricaturer
l'amour dans ce lit où elle n'était pas, sans rien pour me
défendre contre le silence vrombissant qui m'écrasait
les tempes comme un étau... Instants de torture où je
me souvenais d'elle avec une netteté insupportable, où
je pouvais presque serrer dans mes bras le fantôme de
son corps et respirer le parfum de ses cheveux blonds...
Je vivais ce malheur ultime de n'être pas capable de
cesser d'aimer alors que l'amour même est un mal qui
vous tue — j'allais guérir de cela, mais plus tard —, et
alors la douleur me remontait à la tête et ma gorge se
nouait comme si j'avais eu envie de pleurer ou comme si
l'air de tout ce que j'appelais encore ma vie était devenu
étouffant et irrespirable... Parfois les élancements que
je me sentais à la mémoire se faisaient trop atroces,
j'étais un peu dans la situation d'un type qui a tellement
mal à sa dent creuse qu'il finit par fourrager dans la
cavité avec un cure-dent, dans l'étrange espoir de
réveiller ou susciter une douleur nouvelle, un mal
différent et supérieur qui vienne occulter le premier...
Anne était restée là où elle n'était plus. J'avais tout
gardé d'elle, sauf elle : mais tout en moi avait encore
saveur d'Anne et le silence de la maison me parlait avec
la voix d'Anne et je bougeais avec les gestes d'Anne et je
survivais maladivement dans un reste de chaleur et
d'espoir que je gardais encore, comme pour ne pas voir
que fatalement il n'allait plus me rester bientôt qu'un
genre de nausée à la seule pensée qu'un jour j'avais pu
aimer cette femme...

Ce soir-là, elle a dit *ça vaut même pas la peine d'en parler*,
puis elle s'est levée de sa chaise et elle est sortie de la
cuisine, elle marchait dans le corridor j'entendais ses
souliers sur le parquet de bois, puis elle est entrée dans
la chambre, j'étais resté à ma place dans la cuisine et

d'où j'étais je ne pouvais pas la voir mais je l'entendais qui se parlait toute seule, ou qui me parlait sans avoir besoin que je l'écoute ou même que je l'entende, d'ailleurs cela lui arrivait de plus en plus souvent elle avait des absences elle disait n'importe quoi, elle avait parfois l'air complètement étrangère dans son corps je sentais qu'un jour ou l'autre ses fusibles allaient sauter et qu'elle allait tomber en panne, ah oui ça se voyait même si moi je ne m'apercevais de rien, et alors tandis qu'elle faisait des bruits dans la chambre je restais assis dans la cuisine parce que cette fois j'avais peur, j'avais bassement peur d'avoir compris quelque chose que je me sentais incapable d'accepter ou seulement de regarder en face, et elle disait *je suis tannée je suis après devenir folle raide dans ce maudit logement-là*, et je me disais pourvu qu'elle réveille pas le p'tit et je me suis levé je marchais léger sur la pointe des pieds comme si ça pouvait encore changer quoi que ce fût je suis allé fermer la porte d'Éric il dormait cheveux blonds répandus sur l'oreiller il ressemblait à sa mère dans son sommeil paisible ah tout aurait pu être si simple! puis j'ai marché moi aussi dans le corridor, je n'avais plus peur ou du moins je ne réfléchissais plus parce que je savais à présent que c'était fait, ce n'est pas une fois qu'on s'est tranché la gorge qu'il faut commencer à avoir peur des rasoirs, mais j'essayais de ne pas trop penser, j'étais seulement conscient d'exécuter les gestes que la circonstance exigeait de moi, je me sentais jouer à la perfection le rôle qu'on semblait vouloir me confier, mais je ne pensais vraisemblablement pas à cela au moment même où cela s'accomplissait, je marchais seulement, et j'étais tout à coup dans notre chambre, j'avais l'impression d'y avoir été transporté subitement, par quelque obscur sortilège, je me tenais debout dans la porte ouverte et je la regardais, elle marmonnait toujours mais je ne pouvais plus distinguer les mots, ou peut-être les mots ne trouvaient-ils plus leur chemin dans ma tête, et elle ne me regardait pas, non, elle était

penchée sur le lit et essayait de boucler sa petite valise
avec ses mains qui tremblaient, puis du temps avait
passé et j'étais encore là et je me suis entendu dire
attends je vais t'aider — après coup je ne comprenais plus
comment j'avais pu faire, mais tandis que je le faisais je
sentais qu'il ne pouvait en être autrement —, et je suis
allé dans le placard et j'ai descendu la grosse valise, elle
ne parlait pas, ne me regardait même pas j'ai dit, comme
pressée d'en finir, comme si elle avait été en train de
penser très loin à l'extérieur de son corps mais en même
temps, j'aurais juré, confinée en elle-même comme elle
l'avait été dans son foyer depuis la naissance d'Éric — et
je savais bien que c'était cela qui lui avait donné le coup
de grâce, qui avait précipité les dégâts et les ravages
dans sa tête et dans ses nerfs, parce qu'elle avait posé le
geste à ne pas poser, cela l'avait achevée de laisser son
emploi dans ce bureau d'avocats, son travail plus ou
moins bien rémunéré mais qui lui procurait évidemment un semblant d'indépendance et d'évasion, et
tout ça pour torcher le p'tit comme elle disait avec sa
voix rauque, sa voix que l'abus du tabac avait éraillée et
voilée, oui tout ça pour virer quasiment folle à force de
se regarder dans ses faces du dedans et dans ses
profondeurs insanes, à se regarder ne rien faire et se
survivre morfondue dans la grisaille de ce foyer qu'elle
avait désiré et en partie construit, et qui à présent
s'était refermé sur elle comme un piège à ressort, s'était
transformé en un in pace où elle s'émaciait, s'anémiait
et se chlorosait dans la nullité des heures toutes
pareilles jusqu'au désespoir, dans le pitoyable anéan-
tissement de cette vie qu'elle voyait les autres vivre et
qu'elle sentait lui échapper, qu'elle voyait filer loin
d'elle, de plus en plus vite à mesure que les années lui
mettaient de petites crevasses au coin des yeux, et cela
lui arrivait sans qu'elle puisse rien faire, sans qu'elle
puisse le moindrement dévier la trajectoire où elle était
lancée, il n'y avait plus de recours, elle était agie de
l'intérieur, infiltrée jusque dans ses centres de décision,

manœuvrée par quelque chose de bien plus fort qu'elle et dont elle savait ne jamais pouvoir s'arracher, c'était dans son sang, c'était dans la moelle de ses os, ah oui elle était marquée et pour ainsi dire programmée d'avance, comme si son cerveau n'avait pas été beaucoup plus qu'une vulgaire carte perforée où toute sa vie aurait été déterminée et une fois pour toutes fixée —, mais ce soir-là un déclic s'était produit et elle avait décidé que c'était fini, du moins que dans la matière même des choses ce serait fini, qu'elle imposait une coupure dans un certain déroulement qui l'entraînait trop loin — en tout cas c'est de ça que cette histoire avait l'air, cette espèce de réaction subite, cette explosion inattendue, cette tétanisation absolue dans sa tête, ce virage de haute voltige comme pour revenir en arrière, car cela avait fermenté et levé en elle, pas tout à fait à son insu, j'imagine, mais d'une certaine façon sans qu'elle puisse contrôler ces forces ou ces pulsions qui s'alimentaient au plus élémentaire d'elle, et elle obéissait sans doute à une véritable fatalité, à un instinct semblable à celui qui donne à des animaux agonisants la force de se soulever une dernière fois et de partir pour aller mourir seuls dans un coin... et quelque chose en moi savait inconsciemment tout cela tandis qu'elle mettait son linge dans la valise sans me regarder et sans dire un mot et sans m'aimer et sans me haïr, me soustrayant plutôt par une sorte d'abstruse opération d'arithmétique dont les subtilités m'échappaient, indifférente et glacée, absente ou en état de choc... mais moi, j'étais tout recroquevillé dans moi et forcément coupable d'une multitude de péchés que je n'arrivais pas encore à m'expliquer, étouffé dans ma mauvaise conscience sans exactement savoir à quoi cela rimait au juste, sentant seulement que tout était en train de péter dans mon cœur, le monde entier s'effaçait sous mes pieds, ma vie entière s'en allait déchirée en lambeaux ça me partait de sur le corps comme peau de lépreux, et j'aurais voulu crier comme un enfant hurler comme un chien pour

qu'elle reste avec moi, pour qu'elle m'aime encore et
que je survive un peu dans sa chaleur et que je puisse
entendre battre nuit après nuit un cœur qui ne fût pas
le mien, ah non je ne me sentais pas la force de
supporter un abandon, j'étais pétrifié d'horreur à la
seule idée que j'allais de nouveau, après toutes ces
années, après l'inhumaine longueur de cette errance, de
cette traversée sur la corde raide, une fois de plus me
retrouver seul — et pourtant j'aurais dû avoir déjà
compris que dans bien des vies et dans la mienne en
particulier tout devait un jour ou l'autre disparaître
dans la douleur et dans les larmes, finir pauvrement sur
un quai de gare ou dans un cimetière où siffle une faux
de vent, que les visages que j'avais aimés n'avaient et
n'auraient d'autre consistance que celle de beaux yeux
s'éloignant à la fenêtre d'un wagon, de joues qui
blanchissent, se creusent et se violacent dans le vent
glacé de la mort, d'un enfant fuyant éperdu dans la nuit
dévoreuse, étoffe même dont se bâtit le souvenir et que
je n'avais jamais le temps de caresser dans ma réalité —,
alors je voulais lui dire ça, des choses banales comme
reste et on va essayer de se parler et peut-être bien
qu'on va arriver à se comprendre ou au moins à savoir
ce qu'on ne comprendra pas et qui nous déchire, mais je
ne disais rien, je l'aidais tout simplement à faire sa valise
et en un certain sens c'était rassurant, gestes de la vie
normale, comme si elle avait été en train de se préparer
à aller passer une fin de semaine chez une amie, comme
si je ne m'étais pas trouvé comme sur la lame d'un
couteau, marchant sur le fil de l'extrême bord d'une
grande étape de ma vie, prêt à dégringoler de l'autre côté
de tout ce que j'avais connu jusque-là, dans des
ténèbres où j'allais ne pas me reconnaître moi-même,
incertitude de la souffrance, et cela était justement la
réalité qui m'arrivait en ce moment, tranquillement
comme se produisent souvent les grands drames et les
plus insupportables déchirements du cœur, presque
doucement, sereinement, comme si de rien n'était

— comme plus tard beaucoup plus tard je resterais planté debout dans la terre malodorante au bord de la rivière, la tête comme enfouie dans le fourmillement d'étoiles qui venaient de se lâcher dans la noirceur que le soir avait étalée au ciel, sachant enfin que tout était irrémédiable et que je venais de recevoir un coup pour ainsi dire mortel, le sachant parce que je savais que ces choses-là font mal et que leur douleur dure et dure et vous creuse le cœur toute votre vie, et même quand vous croyez qu'enfin ça y est, quand vous avez l'impression que vous n'avez plus mal et que vous commencez à oublier, eh bien ça revient, vous comprenez que cela avait toujours été là et que ça avait assez de force, de résistance, de durabilité pour vous accompagner jusque dans votre tombe, la souffrance vous reprend inopinément, ça vous remonte parmi vos organes secrets comme un grand coup de poing dans l'en-dedans de vous, c'est-à-dire que je le sentais au moment même où les policiers l'avaient (ah Seigneur !) pêché dans l'eau noire, je les avais vus ramener le petit corps en chandail blanc et rouge ça pendait de partout comme un immonde paquet d'algues, et je sentais le mal qui poignait en moi comme un astre maudit ça brûlait, mais je n'ai rien laissé voir quand il a fallu regarder sous cette toile noire et dire que oui c'était bien lui, que c'était ce qui s'était appelé Éric, dire que malgré tout l'invraisemblable, tout le tragique superlatif de ce que je voyais, je le reconnaissais, que c'était bien lui, sa pauvre face tout à l'envers où les traits s'étaient comme par dérision effacés pour ne plus laisser qu'une empreinte de visage à peine plus consistante qu'un dessin à la craie, car déjà c'était autre chose, cette épave pitoyable n'avait même pas la valeur d'un souvenir, même pas d'une image à conserver entre les pages d'un livre, quelque chose qui aurait aussi bien pu continuer de voguer à l'envers et basculant dans tous les sens et ballotté à gauche et à droite et de l'ouest à l'est dans les flots charriant de bout en bout ce naufrage de chair et

d'os, l'arrachant des algues sur les hauts fonds en aval
de l'île aux Fesses et l'emportant sur toute la longueur
de l'île de Montréal puis dans le Saint-Laurent roulant
ce corps peu à peu grignoté par les poissons, par petits
morceaux s'en allant nourrir les dorés et les brochets,
par lambeaux s'effilochant, en peu de temps gonflé des
gaz de sa putréfaction, ne ressemblant plus à rien de
ce qui avait pu m'aimer et rire, cela nu et défait, poursuivant une sorte d'itinéraire sous-marin vers l'estuaire
et le golfe, raclant le fond et laissant des morceaux
ici et là, de sorte que bien avant les vraies largeurs
du fleuve et peut-être même avant d'avoir quitté
les parages de l'île il se serait tout émietté et serait
resté accroché quelque part au fond, parmi les canettes
de bière, les vieux pneus et les carcasses d'autos les
énormes immondices de la société agonisante qu'il
n'aurait plus à connaître et à supporter —, mais au
fond, je savais très bien que ça devait fatalement en
arriver là, Anne et moi, car tous les signes s'étaient
depuis longtemps multipliés et il aurait fallu être
aveugle pour ne pas voir ou simplement sentir que les
rouages de cette drôle de vie allaient tout bonnement
casser un jour ou l'autre (mais n'étais-je pas aveugle ?)...
parfois elle avait des absences et elle me regardait sans
me voir, elle contemplait au fond d'elle quelque chose
qui accaparait toute son attention, un monde où je ne
figurais pas, un univers où je n'avais pas encore été
créé, un vieux rêve qui devait survivre en elle, qui avait
dû grandir et mûrir avec elle, puis se dessécher avec
elle, et à présent cela avait pourri dans sa tête
éclaboussée de ces espoirs morts, qui s'étaient gâtés ou
momifiés, mais qu'elle avait continué à garder en elle
comme une sorte de viatique, de lumière ou de lampion
pour se réchauffer les jours de brumaille intérieure et
de désespérance, qu'elle avait conservés et âprement
soustraits à toute intrusion de l'extérieur, qu'elle-même
n'avait plus contemplés qu'à la dérobée, subreptice et
comme coupable telle une enfant qui joue avec des

allumettes dans sa cachette préférée au fond d'une cour, et cela jusqu'au jour où il lui fallut bien admettre qu'un changement était survenu sans qu'elle en eût même connaissance, toutes ses illusions à son insu se fanant et se dégradant, et à partir de ce moment elle avait compris qu'elle avait déjà reçu, possédé et usé tout ce que la vie pouvait et allait lui donner, et qu'elle n'aurait jamais rien de plus, elle qui restait là, à mi-chemin, avec sa collection de rêves morts sagement alignés quelque part en elle, un placard dans sa tête rempli de poupées poussiéreuses et désarticulées, elle avait perdu sans même jouer, et comme prix de consolation il ne lui restait qu'un genre de bouquet de mariée tout flétri qui sentait le moisi, des miettes de la fête qui s'était célébrée sans elle — elle qui s'était réveillée avec la gueule de bois du petit matin alors que c'étaient les autres qui avaient bu —, une poignée d'eau croupie que ses mains ne pouvaient plus retenir, en fait plus rien pour se raccrocher je le savais, je n'avais pas vu tout cela se faire ou plutôt se défaire mais j'aurais pu le voir, et au moment même où nous remplissions la valise d'Anne j'aurais pu d'un seul coup et sans effort lui dire ce qui se passait et ce qui était mort en elle, mais je ne parlais pas car ce soir-là elle avait le visage de sa mère et je n'avais pas d'arme ni de mots contre cela, le visage de sa mère défoncé par le temps intérieur, la maladie et une presque folie, telle une route qui s'est affaissée sous l'effet des gels et des dégels, oui ce soir-là j'avais l'impression qu'Anne était une très vieille personne, et je lui ai demandé *où est-ce que tu t'en vas ?* de mon ton le plus naturel possible, comme s'il était normal de poser cette question à une épouse qui fait ses valises à onze heures du soir, mais je n'attendais pas de réponse, c'était tout simplement que le silence était trop épais et qu'il m'empêchait presque de respirer, une vague musique jouait à la radio dans mon bureau, mais à peine, rien de définissable, de sorte que c'était tout de même le silence, puis on a fermé la valise et je lui ai

demandé si elle resterait longtemps là-bas et elle m'a
enfin regardé mais ses yeux ne disaient rien, en réalité
elle regardait en dedans de sa tête, puis sa bouche a dit
pauvre Alain mais c'était seulement sa bouche parce
qu'elle, Anne tout entière, ne savait vraisemblablement
pas que je lui avais parlé et qu'elle avait dit quelque
chose, non, elle ne savait plus rien, elle devait
poursuivre l'espèce d'erre d'aller qu'elle s'était donnée
depuis Dieu sait combien de temps, cela devait même
remonter à l'époque où elle souriait encore et où il lui
restait assez de force ou d'inconscience pour donner
l'impression de la joie de vivre et d'un certain équilibre
intérieur, et sentant que pour le moment il n'y avait
rien à faire je me taisais, c'est-à-dire que je disais des
banalités, il serait toujours temps de nous expliquer ou
d'essayer de faire le tour de notre problème qui pour
l'instant me paraissait aussi vaste qu'un continent, et
elle marchait à présent vers le téléphone elle voulait
appeler un taxi elle répétait à mi-voix *c'est quoi le numéro*
du taxi j'ai oublié le numéro du taxi et j'ai dit *laisse faire je vais*
aller te reconduire, alors elle s'est arrêtée net, elle était
devant la table du téléphone et tenait le récepteur dans
sa main, je ne pouvais pas voir son visage mais je voyais
sa main et le récepteur qui tremblait, alors il a fallu que
je marche moi aussi dans le corridor et j'étais maintenant derrière elle (j'aurais pu prendre dans mes mains
sa taille toute petite, j'aurais pu comme autrefois m'a-
muser à rejoindre mes pouces dans son dos et mes
doigts sur son ventre ah oui elle était si menue!) mais
bien sûr je ne pouvais pas faire cela, tout de même, pas
cela! et j'ai fait le seul geste que la situation me laissait
encore et j'ai pris le récepteur dans sa main et je l'ai
raccroché, puis je suis revenu dans la chambre, mais
elle, elle restait là, le dos un peu voûté dans sa robe de
lainage rouge, debout immobile entre la porte de la
chambre et le téléphone, on aurait dit perdue dans le
flot amer de ses pensées, ou peut-être ne pensant à rien
du tout, mais simplement débranchée pour un moment,

gelée par cette espèce de détour que je venais de faire
faire à la logique débile qui régissait tout le processus de
ce qui lui arrivait ce soir, puis elle a bougé, c'est-à-dire
qu'elle s'est retournée et qu'elle a marché et est rentrée
dans la chambre et s'est assise sur le lit, alors sans me
regarder, les joues blanches, grelottante malgré la
chaleur qui régnait dans la pièce, elle a dit avec une voix
que je ne lui connaissais pas *j'emmène Éric va lever Éric je
l'emmène avec moi.*

. . . .

Cette fois, mes paupières s'ouvrirent facilement.
Même pas un clignement. À travers le store baissé et les
rideaux de tergal, la lumière était blanche mais le petit
vent du matin vous soulevait tout ça par coups et je
pouvais voir le soleil qui barbouillait en jaune le bord de
la fenêtre. Soleil spécial des samedis matin. Le vent
sentait les arbres et l'espèce de moiteur, l'odeur intime
que la ville dégage quand il fait chaud, tout cela
composé sans doute des vapeurs d'essence et de
l'asphalte chauffé et mouillé et rechauffé, des milliers
de cuisines qui exhalaient leurs senteurs personnelles,
des métaux et des viandes mortes ou vivantes, toute
cette masse humaine qui soufflait et péniblement
respirait son air, multitude, animé et inanimé qui
s'unissant composaient l'odeur de Montréal, et moi je
trouvais que ça sentait bon et j'avais envie de me lever.
Louise dormait toujours. Rien d'elle, qu'un peu de
cheveux noirs dépassant des draps... un bout de pied au
bord du lit... Rien d'autre... À peine une respiration, ou
en tout cas un souffle si paisible que je ne l'entendais
pas... Elle serait morte dans son sommeil, qu'elle
n'aurait pas été plus tranquille... Morte à l'aube comme
ça arrive souvent — terrible instant où le faux jour
grisonne à l'horizon et où le vrai jour va se lever,
l'agonisant tire un peu plus ses couvertures sur son
corps qui se refroidit, il les griffe sur son cœur, sent que
ses forces c'est-à-dire le mince de force que son mal lui a

laissé refluent hors de lui, ça coule de lui avec son souffle qui lui accroche dans la gorge, ça ruisselle doucement de lui comme un filet de bave et d'ailleurs il bave aussi sur l'oreiller, c'est la fin il n'y peut rien son corps lui échappe tout va se désagréger partir d'un coup dans le monstrueux rien qui l'aspire implacablement, et hâââhh! exhaler laidement le dernier soupir, et voici que les grands couvercles noirs lui descendent sur les yeux tandis que le jour monte sur l'horizon et que le monde des vivants va se mettre à bruire et à haleter tout autour, il est mort banalement mort, car c'était l'aube vous savez bien, les courants telluriques, le champ magnétique qui se modifie il paraît, ça se passe à cet instant et c'est assez pour vous couper le cordon d'argent, vous couper le sifflet ras, et hop! voilà vous avez explosé dans cet aberrant vertige de ténèbres...

J'ai rabattu le haut des draps. À présent, je la voyais toute nue jusqu'à ses fesses et j'ai encore pensé qu'il serait bon de, mais j'ai mis la main sur son épaule et j'ai dit *Louise...* Neuf heures et demie je n'avais plus le temps, de toute façon, d'essayer des prises avec elle, faire quelques chevauchées priapiques, en rut la monter la saillir non merci... Et j'ai secoué encore l'épaule et j'ai répété *Louise es-tu réveillée?* Elle a commencé à bouger et s'est dressée sur les coudes, mais déjà je m'éloignais, je reculais de deux ou trois pas ça valait mieux car je voyais ses seins les bouts roses de ses seins qui pendaient aigus sous elle ah oui maintenant ça y était et je commençais à avoir sérieusement envie de mettre pour ainsi dire le pied à l'étrier... Elle a demandé *y est quelle heure?* et je le lui ai dit et en même temps je me suis assis au bord du lit pour poigner ses seins qui branlaient cochons comme tout sous elle frôlaient le drap les pointes avaient durci mais non non il ne fallait pas j'allais me mettre en retard... Elle a roulé sur le dos et a repoussé les couvertes avec ses pieds et elle était large ouverte poilue béante son organe vivait palpitait comme une moule, son sexe était rose et visqueux dans la moiteur odorante du lit, et caressant le dedans de ses cuisses et fermant les yeux elle a dit *mange-moi...* Mais tout d'un coup ça ne me disait plus rien, malgré l'érection sauvage et furieuse qui me sortait du sous-ventre comme un poing brandi, je pensais déjà à autre chose et j'ai rabattu le drap sur elle et je suis resté un moment assis au bord du lit, sans bouger, n'écoutant même pas Louise qui disait *as-tu peur de te donner un tour de rein?* et rageuse se levait de l'autre côté... Je ressentais brusquement, d'un seul coup, à présent que j'étais bien réveillé, toute la fatigue de cette nuit trop courte où j'avais essayé de mettre trop de choses, le vague épuisement qu'on sent à force d'avoir trop chaud, cette lassitude du cœur qui vous prend soudain, sans raison, et vous gâche les instants que vous êtes en train de vivre... Et sans encore bouger, je songeais il faut aller faire couler la douche... Mais je restais là, au bord du lit, dans l'odeur qui montait de mon corps, la senteur musquée, l'odeur de bête qui montait dans mon enfourchure, déliquescence qui me sautait littéralement au visage maintenant que ça ne m'excitait plus et que j'y prêtais une certaine attention... Mon corps qui sentait encore l'étreinte... Ce jeu de nos ventres... Ah oui au plus sacrant prendre une bonne douche! Eau lustrale du matin, pureté là où ça coule ruisselle pour emporter toute trace de ce qui n'est pas entièrement soi...

À présent, je marchais dans le corridor, bois frais sous mes pieds, et derrière moi le vent faisait bouger les rideaux de la chambre je sentais sa tiédeur dans mon dos et j'ai dit sans y penser *ça va être une belle journée pour la fête à pepére...* C'était comme si j'avais vu, comme si mon dos avait vu avec des yeux spéciaux Louise qui marchait aussi dans la chambre, puis dans le corridor me rejoignant minaudeuse, cajoleries se plaquant dans mon dos, sa peau collée sur ma peau, tout ce mou de femme qui glissait pulpeux dans mon dos... *Vas-y pas chez ton*

pepére elle a dit *reste avec moi aujourd'hui...* Et elle les roulait
dans mon dos et je sentais son poil sur mes fesses...
Déjà ça se durcissait en bas, ça me reprenait, envie de
me retourner subito et hop! la virer à l'envers la lascive
cette génisse la monter, faire ça toute notre peau sur le
carrelage froid de la toilette brasser nos fourches,
trémoussements ô les grosses gouttes du plaisir quand
elle râle empalée à même le si vibrant bandage
matutinal — et même lorsque je l'eus repoussée et
qu'après l'avoir mise à la porte j'eus réglé la douche et
que je pissai longuement pendant qu'elle cognait
enragée dans la porte verrouillée, même à ce moment
où je savais parfaitement que rien n'allait plus être
possible, du moins pour ce matin, je la voulais encore,
mon corps se fichait éperdument de mes raisons et
continuait tout seul à la désirer, et tandis que l'eau tiède
ruisselait sur ma tête m'inondait le corps dans la
senteur doucement parfumée du savon, tandis qu'elle
se taisait soudain et que son bruit de pieds s'éloignait
dans le corridor, même à ce moment je me disais que
ç'aurait été bon de l'enfiler comme ça sous la douche, la
limer dans le grand jeu aquatique, mes grands jeux
d'eau à moi, ouioui le faire juste là dans un bon massage
d'eau tiède et même presque froide, et peut-être aussi,
horreur! rester pris dans le vagin refermé sur le
membre comme un piège à queue où tout à coup plus
rien ne glisse (comme parfois sur les plages de n'importe quel impur Plattsburgh on les voit qui descendent
goguenards de l'ambulance et en échangeant des farces
salaces vont sortir de l'eau le gars et la fille unis comme
indissociables, cimentés l'un dans l'autre parce qu'ils
ne pouvaient plus se retenir et qu'ils s'aimaient dans
leurs corps affolés, parce que l'eau d'abord complice
a traîtreusement emporté toute lubrification, cons-
triction c'est pris dur et ça serre, un peu comme le vieux
truc de l'anneau de jade chinois autour de la pine pour
empêcher le sang de refluer, oh mais ça étrangle
solide pas moyen de débander c'est coincé à mort là-

dedans, à l'hôpital qu'on va leur arranger ça, ça leur apprendra cochons! le faire comme ça au vu et au su de nos jeunes filles et de nos jeunes gens, le dégoûtant péché du cul dans la belle eau où nous nous baignons nous nos gros corps apathiques nos flasques enfourchures bénites passées au goupillon et à l'ostensoir scapulairées à ne presque pas oser faire pipi caca sans demander pardon à la sainte Trinité ah les maudits cochons faudrait des lois pour...)

La douche m'avait fait du bien. À présent, j'étais parfaitement réveillé, juste à ma place, en plein dans le centre géométrique de moi-même. Dans la maison, c'était le silence — du moins, il n'y avait rien d'autre que le petit bruit des dernières gouttes qui tombaient de la pomme de douche et allaient se désintégrer sur le dessus du robinet, rien que le grondement confus de la circulation qui me parvenait par le puits d'aération, l'espèce de respiration asthmatique de la ville je disais, un peu le son de la mer quand on se met le coquillage sur l'oreille, moins un bruit qu'une rumeur profonde, une immense pulsation, ce cœur de tout ce qui vous entoure, comme le bruit du sang dans les artères et les veines et les veinules de la mégapole, comme le tourbillonnement de l'air dans les poumons géants de cette malade incommensurable, de sorte que c'était à la fois plus et moins qu'un son ou qu'un bruit et que, même dans les moments où je ne l'entendais ou ne l'écoutais pas, je le sentais néanmoins autour de moi et au fond de moi, cela faisait partie intégrante de mes souvenirs et de ma propre image intérieure, cela ressemblait et s'associait jusqu'à un certain point aux soupirs et aux chuchotements de mon propre sang dans mes veines et au chuintement de l'air pourri dans mes poumons, cela faisait partie de moi, plus que l'arrière-plan, la musique de fond ou le support de mon existence cela en constituait en réalité une facette essentielle, un rouage important sans lequel j'aurais été différent —, mais c'était malgré tout ce qu'on appelle ordinairement le silence : c'est-à-dire que je n'entendais pas Louise, pas le moindre bruit d'elle, pas le plus petit craquement de plancher, rien — et tandis que je m'essuyais je commençais à croire qu'elle s'était recouchée, ou qu'elle était tout bêtement partie chez elle, furieuse et ne voulant rien savoir (par un de ces étranges accès de mauvaise humeur qu'en moins d'une douzaine d'heures je lui avais vus venir subitement et sans autre cause apparente que celle qu'elle semblait vous jeter en pâture pour justifier même ses plus monstrueux revirements)...

Mais elle était assise dans la cuisine. Elle était assise au bout de la table et je ne pouvais voir d'elle que son dos, ses cheveux et ses mains (sa blouse de nylon violette et ses cheveux noirs brillants qu'elle avait tortillés n'importe comment en manière de toque sur la nuque gracile et ses mains ses ongles roses qui déchiraient du pain des miettes tombaient sur la nappe blanche à carreaux bleus il y avait un verre à moitié plein de jus de pommes — et tout cela disait non, aussi bien qu'un visage peut le faire avec la bouche et les yeux ce dos disait non, c'était quelque chose d'infiniment buté et d'inamovible comme une borne de ciment il valait mieux faire comme si elle n'était pas là). Je me suis habillé en vitesse et j'ai dit *on s'en va*. Puis je suis sorti, c'est-à-dire que j'ai ouvert la porte et que j'ai attendu sur le balcon, dans la folie frénétique de ce soleil qui vous cuisait sur place, un moment figé dans la lumière du matin, comme giflé par le souffle torride qui montait de l'avenue, qui s'exhalait des feuillages transpirants des érables qui me secouaient leurs odeurs humides pour ainsi dire sous le nez. Maintenant, mes yeux étaient habitués à l'ensoleillement et je pouvais voir, juste en dessous de moi, le sommet de la tête de Monsieur Eggrégat mon propriétaire, la coupole reluisante suante de son crâne sur lequel il me venait de

puériles envies de cracher pflac! Et à ce moment même
où je me tenais sur le balcon il n'y avait rien d'autre que
cela, lui le bonhomme taillant à gestes rouillés sa maigre
haie poussiéreuse, et moi en fin de compte accoudé sur
la rampe de fer où la peinture noire s'écaillait par petites
miettes, rien que cela, les battements déjà fatigués de
mon cœur qui toquaient dans mes oreilles et les
piaillements grincements des cisailles qui mordaient
dans les branchettes des chèvrefeuilles poudreux et à
peu près étouffés dans tout le délétère qui se nappait
sur la ville à cette heure, rien d'autre car en fait j'étais
comme dans un état d'absence où j'avais un peu
l'impression que je ne m'habitais plus, que le locataire
de ma tête avait déménagé et qu'il n'y restait plus que
des crottes de rats et des reliefs sordides, et je n'étais
pas vraiment conscient de la vie qui commençait un peu
à bouger sur les balcons d'en face, partout le long de
cette double façade interminable qui constituait l'avenue,
murailles de briques fatiguées où étaient suspendus
comme des paniers à viande ou de risibles perchoirs à
moineaux les balcons à rampes de bois ou de fer forgé
alignés les uns à la suite des autres, escaliers tournants
et marches grises, fenêtres aux rideaux tirés qui dissi-
mulaient encore l'inquiétant foisonnement de la vie
populaire qui tout à l'heure allait pousser un grand
respir allègre et réveillée pour de bon s'agiterait et
comme une broue équivoque déborderait de tous les
trous de ces façades, cela ouvrirait des portes et se
mettrait aux fenêtres, s'interpellerait en toussant la
première cigarette du matin, ferait branler des escaliers
et claquerait des portes d'autos et pousserait dans le
matin brûlant les grands rugissements de fauves par
l'entremise des huit cylindres emballés, cela montrerait
des bedaines molles de buveurs de bière, des peaux
mièvres, des grasseurs de torses à petits poils, des
pantalons ballants, des enfourchures et des pantoufles
douteuses, des bouts de seins roses dans le flottement
d'une chemise de nuit, une bonne partie de ce bon

monde rotant encore au réveil la bière de la veille — la mienne me cognait décidément aux tempes mais je n'avais pas et n'aurais pas la vraie gueule de bois que j'aurais pourtant méritée —, les yeux à peine ouverts qu'ils louchaient déjà du côté de l'épicier du coin dont l'enseigne SEVEN UP disparaissait à moitié dans le moutonnement frissonnant des érables, et ils pensaient avec délices que le déjeuner englouti ce serait le moment de prendre la caisse de Molson vide pour aller acheter des munitions — et moi-même je sentais soudain que j'avais l'estomac creux et je me disais que j'aurais dû manger un peu car je commençais à avoir l'impression que quelqu'un me cognait avec un marteau en dedans des oreilles — mais ce n'était pas la gueule de bois... de toute façon ça passerait tout seul, pas question de déjeuner aujourd'hui, pas le temps, et à présent j'étais impatient, il fallait partir au plus sacrant, alors j'ai attendu encore un moment et j'ai crié dans le vestibule *arrive on s'en va!* parce qu'il n'était pas question de lui laisser la clé comme je le faisais parfois avec des filles, fermer elle-même en s'en allant et tout ça, non! je ne voulais pas la laisser seule dans le logement avec tous mes souvenirs d'Anne, et puis on ne sait jamais les folies que des filles comme elle peuvent faire quand vous avez le dos tourné... Puis j'entendais son bruit dans le corridor, puis je ne l'entendais plus : une gigantesque semi-remorque passait dans l'avenue, égarée là en plein samedi matin, insolite, incongrue et laide, remplissant ce matin mou et tranquille de sa masse et de son vacarme et pendant quelques secondes rien d'autre n'exista que ce grondement insensé et cette fureur mécanique et l'obscénité de ces tôles rouges et blanches et chromées qui vous rejetaient tout le chaud et tout l'aveuglant du soleil en pleine face, puis cela était disparu dans la rue de traverse, grondement qui s'amenuise, vibrations qui décroissent dans le plancher du balcon, encore la puanteur, une sorte de buée corrompue et impalpable qui retombe sur les érables et

s'infiltre dans les maisons pour étouffer les pauvres
gens qui émergent péniblement de leur coma doré du
samedi matin. Puis elle était sur le balcon sans que je
l'aie vue sortir, la mauvaise humeur — et la mauvaise
foi — la nimbant, fumant autour d'elle aussi fort que les
émanations du gros camion, mais je ne parlais pas,
j'avais pris ma clé et bien sondé la porte, et elle était déjà
dans l'escalier tournant, elle s'enfonçait j'aurais juré
dans les feuillages épais des érables du propriétaire
comme une baigneuse qui descend dans une piscine, elle
se fondait, ses couleurs se dissolvaient et se diluaient
doucement pastellisées dans l'ombre verte qui tombait
des grands arbres, puis moi aussi j'étais dans le glauque
de tout cela, l'ombre des érables avait des reflets
ondoyants d'aquarium, je me souviens de la verdeur de
l'air et de cette moiteur où nous bougions — on aurait
presque dit nager — vers la voiture dont les tôles
fumaient dans le gros poignardement du ciel, hors de la
marge d'ombre, tas de ferraille brillant à vous faire
crier, tandis qu'un peu plus loin des enfants étaient
assis dans la relative fraîcheur d'un dessous de perron
mangeaient des popsicles et qu'ici et là des portes
s'ouvraient et qu'on pouvait entendre des voix encore
râpeuses de leur nuit pas encore crachée dans le café du
matin oui cette fois c'était parti la vie se redonnait un
élan pour passer à travers cette journée de canicule...
. . . .

Mais il cessa d'écrire et, un moment, il regarda
fixemment droit devant lui. Bien sûr, il voyait, comme
vraiment à l'extérieur de sa tête, l'avenue avec ses
érables et l'ombre presque liquide que les feuillages gras
déversaient sur le trottoir, les taches incendiées jaunes
de ce soleil de dix heures où toute la ville rissolait, les
vapeurs et les petites fumées et les vibrations de l'air
au-dessus de l'asphalte surchauffé, cette espèce de buée
à peine perceptible qui enrobait tout et adoucissait
jusqu'à un certain point la raideur des choses, de sorte

qu'au bout de l'avenue ou du moins en regardant loin
par là-bas il pouvait voir dans leur flou les maisons de
brique brune et les perrons branlants et les voitures
aveuglantes alignées des deux côtés de la rue, comme
une scène observée à travers un diffuseur, comme des
images transfigurées par la magie d'un cinéaste dans
l'estompement des couleurs et des contours — il se
revoyait aussi en train d'ouvrir les portières de la
voiture, calcination de mille enfers qui sort de là-
dedans, ne pas s'asseoir dans ça tout de suite sous peine
de finir autodafé, et pendant un bon moment se
regardant dans leur face, lui et Louise, comme chiens de
faïence, chacun de son côté de la voiture, cette fois
séparés par quelque chose de parfaitement tangible —
mais pas plus, au fond, que ne l'avait été la mauvaise
humeur presque solide qu'elle avait distillée tout à
l'heure —, se regardant sans rien dire, elle butée dans
son silence qui contenait et exsudait des résidus de
hargne et de fiel et des envies de mordre et de griffer,
et lui ne parlant pas non plus et ne la regardant vraisemblablement pas — il ne sait plus exactement, il
essaie de tout reconstruire, comme si cela en valait la
peine, comme si l'effort de pêcher ces bouts d'images et
de sensations au fond de sa mémoire avait à présent la
moindre importance, comme s'il allait écrire tout cela
dans le livre et sachant bien sans encore se l'avouer
lucidement qu'il allait simplement sauter par-dessus ces
détails qui n'ajouteraient rien au récit de sa grande
douleur et qui l'empêchaient déjà de voir clair dans le vif
de ce qui lui avait fait si mal : il ne voulait voir que cela,
rien d'autre que le spectacle qui l'avait aussi bien dire
tué en même temps que le pauvre enfant, les détails
viendraient plus tard, après que l'histoire de cette
horreur aurait été écrite et revécue de l'intérieur, oui
les petits bouts de soleil et les pétales de roses et les
buissons et les bouffées d'odeurs et les bruits que font
les choses et les gens, tout ce qui n'était pas immédiatement utile trouverait place plus tard dans les petits

tiroirs de ce drôle de livre, plus tard, quand le moment serait venu.

C'est pourquoi il avait arrêté d'écrire. À présent qu'il ne fumait plus, il lui arrivait de ne plus savoir quoi faire de ses mains dans ces genres d'entractes où il semble bien que rien ne va se passer, assis au fond de sa chaise, regardant sans bien le voir le clavier vert de la machine à écrire, croyant chercher l'amorce de la prochaine phrase mais ne pensant même pas cela, voyant seulement des images qu'il n'allait pas mettre sur le papier, tortillant sa barbe et arrachant des poils tandis qu'il se rappelait le trajet morne jusqu'à Pointe-aux-Trembles avec Louise immobile et muette dans son coin, l'air brûlant qui s'enroulait autour de lui par les glaces baissées, le chuintement de cet air putride sur les tôles vibrantes de la voiture, les raffineries de pétrole et les puanteurs excessives de cette pétropole imaginée par des cerveaux de mégalomanes surmenés, entortillements de tuyaux, serpentins les alchimistes de l'apocalypse font chauffer les athanors à ciel ouvert, distillent le cataclysme, cornues et alambics de cauchemar ça se dressait ça montait comme un blasphème de fer et de béton dans le ciel empoisonné, cheminées de toutes tailles par centaines ça déversait dans l'air des tonnes et des tonnes de saloperies toxiques, flammes grasses soufflées sur le ciel bleu blanchâtre, bâtiments gris et clôtures en fil de fer, hérissements de tubulures volcans artificiels à pleine gueule vomissant l'ordure délétère, virulence il pensait cela nous détruira, souffle du fin fond de la terre dans notre bel azur ah mon Dieu ce serait donc la fin de tout! — mais il ne savait pas, à ce moment de sa vie où il transportait une fille butée comme une roche pour la laisser chez elle et ensuite aller chercher son fils chez sa mère, il ne savait pas que vraiment ce serait la fin de tout, non pas celle (impondérable s'il en est, dénuée de toute importance dès lors qu'on a nous-mêmes la Mort qui grince des dents juste devant notre face et qui fait siffler sa faux dans la nuit qui nous entoure), non pas l'échéance finale et fatale du monde entier ou de ce qu'on appelle pompeusement l'humanité, pas la mort de sa planète, de sa chiure de mouche perdue dans l'incommensurable du temps et de l'espace écartelés, pas davantage l'agonie d'une civilisation qui de toute façon avait commencé de s'éteindre elle-même depuis longtemps et qui à présent faisait penser à un désespéré qui a le canon de son revolver dans la bouche et le doigt sur la détente : non, pas même cela, pas même la fin de son propre corps et de ses forces vives, mais celle ultime, la fin absolue, la fin en tant que telle dans sa perfection absolue, c'est-à-dire un désespoir lucide, une désespérance farouche qu'il allait vivre seconde par seconde, sur toute la durée, le fil tendu des fractions infinitésimales de son temps, une entière désillusion, la perte de tout intérêt pour quoi que ce fût, la solitude au plus profond de lui où depuis trente ans une forme obscure tournait en rond comme un enfant qui a perdu son chemin... et en réalité il se verrait brutalement projeté au-delà de l'envie d'en finir pauvrement avec la vie — que ce soit par un vulgaire coup de fusil dans un jardin public ou même par une quelconque défenestration à se fracasser les os au pied d'un immeuble —, non, pas cela, ce serait encore plus terrible et plus irrémédiable que la simple mort qui, au moins, aurait l'avantage de s'inscrire dans un certain ordre naturel des choses et qu'il aurait à la rigueur pu accepter comme une sorte de miséricorde, ce serait atroce parce que cela s'appellerait le vide, le néant, les limbes où il glisserait de son vivant et d'où il lui faudrait sortir avant de pouvoir mourir comme tout le monde, mais d'où il ressortirait comme purifié par le feu du ciel, sa blessure enfin cautérisée, capable désormais d'aller plus haut et de vivre vraiment debout...

Il avait laissé Louise sur le trottoir, devant chez elle, platement désemparée parce qu'elle aurait voulu qu'il

fasse comme si elle n'avait pas été monstrueuse et
bonne à jeter à la poubelle, qu'il oublie instantanément
et qu'il soit de bonne humeur et qu'il lui susurre un
petit bonjour sucré avec force gestes de la main et peut-
être même le mignon mouchoir brodé lui faire maint et
maint bye bye ma chérie mon bel amûûr doré je
reviendrai... Mais quand elle eut claqué la portière,
après qu'elle se fut immobilisée sur le trottoir pour
attendre quelque chose qu'il refusait d'accomplir, il
redémarra aussitôt et faisant crisser les pneus se mit à
foncer vers la ville qui se dressait là-bas, dure et
massive dans son brouillard lumineux. Dans le rétro-
viseur, il pouvait voir Louise qui rapetissait et s'amenuisait jusqu'à devenir inconsistante comme un
souvenir de beuverie et à se confondre avec le décor
qu'il laissait derrière.

    Il avait mis ses doigts sur le clavier vert de la
machine à écrire, comme si tout allait redémarrer à
l'instant... *Comment faire?* dit-il à mi-voix. Oui, comment
le dire? pensa-t-il tandis que ses yeux de l'en-dedans
visionnaient pour la nième fois le mauvais film de son
prodigieux ratage qui n'avait en réalité jamais cessé de
se dérouler, ruban sans fin, mouvement perpétuel cet
insoutenable torrent d'images qui font mal mais que
rien ne savait plus endiguer. Même dans le sommeil,
surtout dans le sommeil, cela se poursuivait, d'horribles
choses continuaient de lui arriver et il se réveillait en
hurlant, car ses douleurs d'autrefois, ses humiliations
et ses terreurs étouffantes d'enfant refusé, le déchi-
rement que lui avait laissé pour toujours la disparition
d'Éric, cela refaisait souvent surface dans cette espèce
de mémoire absolue, au fin fond des couches inférieures
sous les multiples strates de conscience et d'inconscience
avec tous leurs états intermédiaires et toutes leurs
fluctuations et toutes leurs nuances dans l'abîme des
derniers trous de soi, la mémoire on aurait dit de la vie
même, comme si c'étaient les événements qui se

souvenaient de vous, comme si vous étiez poinçonné et
apprêté pour passer dans quelque absurde machine à se
souvenir, l'ordinateur universel qui vous a pensé et
continue de vous cogiter et de faire que vous soyez, ou
du moins que vous duriez.

Et à présent, cela remontait du plus profond de lui et
l'emplissait lentement, doucement, comme une eau
tiède où nageait une faune microscopique et où il allait
encore une fois se noyer par en dedans. *Oui comment dire
cela ?* crut-il murmurer comme dans un rêve, voyant
pourtant bien dans sa tête comment tout s'articulait et
comment il fallait placer les mots qui déjà lui venaient
pour le dire. Il voyait très bien la rue étroite et nue avec
ses façades de briques branlantes et de vitres cassées, le
petit perron déglingué de sa belle-mère qui habitait au
rez-de-chaussée d'une maison dont on avait autrefois
peint la brique en rouge et dont la peinture s'en allait
par larges plaques, et ses yeux intérieurs savaient aussi,
se souvenaient, que la peinture vert bouteille s'écaillait
sur la rampe du perron et sur la porte, il revoyait les
rideaux jaunis tout de travers dans la vitre sale de la
porte devant laquelle il attendait alors que rien ne se
passait et qu'il savait qu'il lui faudrait encore sonner, et
peut-être même une troisième fois avant que quelque
chose ne bouge là-dedans. Tous les samedis, c'était la
même chose.

Et tandis que je roulais sur la rue Notre-Dame
(écrivit-il comme pour cesser de penser et de moudre à
vide), tandis que je voyais la géante gueule grise et
fumeuse de Montréal s'ouvrir sur moi comme pour
m'engloutir — c'est-à-dire que je voyais ça monter dans
la buée, la ville dressée bleue dans son brouillard
toxique, les tours de béton monstrueuses dans le
poudroiement des vapeurs et du soleil à tout casser,
c'était comme des hommes debout derrière une vitre
mouillée et je roulais vers cela et j'entrais graduellement
dans les puanteurs des cheminées de la Molson et le

pont Jacques-Cartier vous coupait le panorama en deux on aurait dit un coup de crayon gras, un bâtonnage rageur en travers du ciel brouillé et des monstres de béton pour biffer quelque tragique et inimaginable erreur —, tandis que je roulais je savais déjà comment ça se passerait tout à l'heure.

Comme toujours, Anne répondrait elle-même au timbre de la porte. Pas du premier coup, non, mais elle viendrait et écarterait du bout du doigt le rideau jauni, puis il y aurait des cliquetis de chaîne de sécurité et de serrure et elle ouvrirait comme elle ouvrait tous les samedis, sachant bien que c'était moi mais indifférente, jetant à peine les yeux sur moi, me regardant un peu comme on regarde un quelconque livreur ou à vrai dire un peu moins que cela, l'indifférence se compliquant et s'épaississant de tout l'inavoué de notre situation, de l'incompréhension qui jour après jour nous avait opposés jusqu'à faire de nous pas même deux ennemis, mais seulement deux pôles d'une seule et même indifférence. Cette scène, je la vivais déjà en roulant sur la rue Notre-Dame et en entrant dans Montréal: Anne avec son visage fermé, debout dans l'embrasure de la porte, me regardant sans dire un mot, ou plutôt regardant quelque chose à travers moi, quelque chose qu'elle n'avait sans doute jamais cessé de chercher et qu'elle n'avait vraisemblablement pas trouvé depuis notre rupture, peut-être un espoir d'autrefois qui ne voulait plus décoller du fond de sa petite boîte à souvenirs, ou peut-être rien aussi, comment savoir? mais m'annulant définitivement du regard ou de son absence de regard, debout dans la porte comme pour m'interdire l'entrée de ce sanctuaire, cariatide de marbre amolli, elle aurait les yeux trop grands dans ses traits tirés parmi ses cheveux défaits. Puis elle me tournerait brusquement le dos et j'entrerais dans le vestibule pour attendre. Je pourrais voir son dos s'éloignant dans le corridor, s'estompant dans la pénombre grise de cette maison perpétuellement fermée comme un cercueil. Je regarderais le peignoir rose flottant derrière le corps d'Anne en pensant si je peux sortir d'ici! Mais j'attendrais encore et encore, je n'oserais même pas bouger dans le vestibule parce que personne ne m'aurait invité à entrer, à pénétrer plus avant dans ce Saint des Saints on aurait dit défendu par des Gardiennes, Anne et sa mère prêtresse décrépite, vestales ou plutôt — vu les fonctions biologiques qu'elles avaient nécessairement assumées toutes les deux au cours de leurs vies et de leurs amours — des moniales vaguement impures officiant dans le secret de cette maison qui était devenue vraiment le Temple du Silence et de la Désolation. Je savais aussi qu'il y aurait, comme toujours, la vieille qui passerait sournoisement dans le corridor avec ses cheveux fous tout hérissés blancs et électriques, juste pour me dévisager et me jeter un regard bref et torve un peu comme on jette une pierre ou un sort, puis elle disparaîtrait dans cette chambre où elle était plus ou moins alitée depuis des années, depuis un pan d'éternité, elle y était déjà avant la mort du père d'Anne, je l'y avais toujours connue et elle y était certainement encore sans se décider à être vraiment malade ou à se rétablir ou bien à mourir pour de bon afin que tout le monde en finisse. Mais j'attendrais toujours dans le vestibule, je ne bougerais pas du vestibule et du temps passerait, puis enfin je le verrais apparaître sortant de la cuisine (un peu avant j'aurais pu entendre les voix, celle de l'enfant, assourdie, impatiente, et celle de la femme, assourdie aussi mais chargée d'une sorte d'urgence, de quelque chose de retenu qui la faisait vibrer, murmurant les éternelles recommandations dont les mères connaissent le secret), il sortirait dans le corridor et se mettrait à courir échappant aux mains de sa mère il courrait jusqu'à moi et me sautant fougueusement dans les bras m'embrasserait et m'étoufferait tandis qu'elle s'arrêterait au milieu du corridor et resterait plantée là, à la fois aussi

réelle et tangible — mais aussi neutre et insignifiante —
que la patère de l'entrée qui ne servait plus à personne,
et aussi imprécise et fumeuse qu'un vieux daguer-
réotype de famille qu'on sort parfois d'un coin de tiroir,
un jour de pluie, pour regarder le peu qui subsiste des
vies anciennes et pour se donner le goût de pleurer un
bon coup, et Anne resterait là, droite et immobile, sans
nous regarder même si chaque fois ses yeux paraissaient
nous voir et s'attarder un peu trop longuement comme
pour exprimer les mots qu'elle ne dirait pas parce
qu'elle ne savait plus les dire, mais je savais bien que ce
ne serait là qu'apparence, illusion fugace, car en fait —
sauf son corps qu'elle ne pouvait s'empêcher de traîner
constamment quelque part, fût-ce dans ce corridor —,
elle était à ce moment-là parfaitement absente, intégralement retranchée en elle-même, comme si son rôle
de mère s'interrompait totalement et automatiquement
dès que l'enfant arrivait au contact de son père et se
branchait pour ainsi dire sur le circuit du père...

Souvent, elle traversait ensuite le corridor pour aller
s'asseoir dans le salon. Fumer une cigarette, peut-être,
je me disais en pensant ma foi du bon Dieu je pense
qu'Éric a encore grandi il va tenir du grand-père Tobie.
Et je me disais aussi je sais très exactement ce qu'elle
pense, et plus tard je voulais le mettre dans mon livre
quand je songeais au salon où elle se retirait les samedis
matin comme pour marquer l'interruption de son rôle
de mère (mais au début je ne pouvais évoquer ce salon
sans une certaine gêne je revoyais les veillées languides
et brûlantes d'autrefois avant notre mariage quand la
vieille dormait dans ses glaires et que nous l'entendions
graillonner d'où nous étions, c'est-à-dire une seule pâte
frémissante au fond du grand fauteuil bleu marine, je
me souvenais des empoignades délirantes — qui, en
réalité, n'étaient toutes, de la première jusqu'à l'ultime
et décisive, que le prélude sans cesse répété et
constamment amplifié du Jeu suprême qui allait susciter

l'apparition, neuf mois plus tard, d'un bout de viande rouge, petit animal grenouillesque gigotant et hurlant dans l'air trop vaste et comme attentatoire, une chose haletante et frétillante venant de nulle part mais, comme n'importe quelle viande, obligée de passer au moins une fois par le tunnel gluant, le portail à barbe qui s'était ouvert entre les cuisses où tout avait commencé), et quand elle disparaissait au salon dans un froufrou de peignoir et une odeur de sels de bain et de cheveux lavés, je pouvais presque toucher ses pensées, je voulais les dire comme pour nous en exorciser, comme j'écris à présent ce que nous avons été. Et quand nous étions partis, Éric et moi, pendant que nous roulions hors du ventre malade de la ville, je savais qu'elle errait dans la maison déserte — sa mère n'étant pas beaucoup plus qu'un cadavre, à peine un mouvement, un souffle et un froissement de tissu au bout d'un corridor —, désœuvrée et inutile, sa tête se vidant tranquillement et ne laissant plus en elle qu'une immense lassitude, pour rien, comme par l'effet d'une fatalité qui lui échappait, et elle se détestait et se trouvait laide, dans le miroir de la salle de bains ses yeux un peu trop brillants, ces cernes noirs elle avait l'air d'une morte, puis elle passait un temps fou à se maquiller pour essayer de ressembler à l'image qu'elle gardait d'elle-même, elle s'épuisait à obtenir cela mais n'arrivait à rien, et elle se disait je vais sortir cet après-midi sortir de ce sépulcre, elle voulait essayer de vivre, je sais bien, puis elle s'habillait, maigre-échine dans ses blouses devenues trop grandes, regrettant déjà d'avoir laissé partir Éric, se demandant sûrement chaque fois si ces manigances du samedi ne cachaient pas un piège, conspiration d'hommes, moi le grand escogriffe de père lui enlever l'enfant pour ne jamais le ramener ah mon Dieu s'il fallait qu'Éric ne revienne pas !
. . . .

Mais elle ne savait pas, pensa-t-il en mettant sa face dans ses mains, elle ne pouvait évidemment pas savoir.

Même son intuition de femme, même l'addition de son intuition — affinée par le délabrement de son système nerveux — et de ce qui devait rester d'instinct et de perspicacité féminine dans la tête perdue de la vieille n'aurait pas suffi pour imaginer cela, cette mort d'enfant, ce cauchemar sorti directement de l'absurde et de l'impensable, ce comble du grotesque qui défiait tout effort de compréhension et échappait à toute exploration, fût-elle le fait de deux femmes à la fois, de deux femmes étroitement impliquées dans ce désastre par les liens mêmes du sang et de la continuité de leur race — de leur chair et de leurs traits et de leurs gestes et de ce microcosme qu'elles avaient transmis au hasard des chromosomes et des accouplements sombres de ce qui grouillait dans leurs cellules. Et les prémonitions qu'Anne avait fatalement dû en avoir n'étaient sans doute passées en elle (dans un rêve noir qui l'avait réveillée hurlante et glacée, ou dans une sorte de sentiment d'évidence qui l'avait peut-être frappée en plein jour, au milieu de ses occupations ou de son oisiveté, qui avait parlé en elle avec la voix funèbre qui chuchotait dans les souffles du vent, dans le craquement d'un plancher ou dans le chuintement des arbres du parterre), l'avertissement l'avait sans doute traversée comme un inoffensif météore, quelque chose qui s'éteint aussitôt qu'apparu, un sentiment trop fugace pour porter un nom et à plus forte raison pour avoir un visage, une traînée de feu qui n'avait laissé dans son cœur qu'une vague inquiétude apparemment sans objet, une lourdeur de l'âme, une sorte d'écœurement subit et intégral qui débordait même les cadres de sa vie, mais presque rien à vrai dire, un moustique qu'on chasse en secouant la tête — elle avait peut-être pensé ça y est je vais être menstruée c'est pour ça que je suis toute: mais ce serait plus tard, le lendemain ou le surlendemain par exemple, qu'elle se réveillerait brutalement, toute nue et sans défense contre l'épouvante de cette réalité qui fondait sur elle et qui l'écrasait de

partout, et alors dans une espèce de fulgurance, dans
une explosion de toute sa tête, avec une sorte de haut-
le-cœur monstrueux, elle comprendrait dans un premier
temps que désormais, pour toutes les longues journées,
toutes les heures de silence et de rumination, toutes les
minutes et tous les copeaux de temps où sa raison allait
sortir d'elle et rentrer en elle sans qu'elle puisse rien
fixer, que pour vivre le long de cela il ne lui resterait
plus de son enfant que les chandails, les bas et les
caleçons sagement pliés dans les tiroirs de la commode,
rien que les odeurs de lui qui persisteraient encore un
temps dans sa chambre, rien que les empreintes de ses
doigts sur ses jouets (il faudrait qu'elle souffre aussi
dans cela, qu'un jour quelqu'un vienne et lui dise *c'est
assez Anne c'est assez prends sur toi* et qu'il lui arrache les
jouets et les vêtements de l'enfant mort et que malgré
ses cris et ses gémissements il les emporte pour les faire
disparaître à jamais afin de laisser à Anne ce qui doit
nécessairement rester une fois que la mort a effacé les
êtres), et ce serait encore plus tard, quand ils l'auraient
emmenée de ce salon où elle se cramponnait aux
rideaux et hurlait et sanglotant avec hoquets disait
qu'elle attendait que je revienne avec son enfant, quand
ils l'auraient mise dans cette chambre vert pâle où de
grands docteurs en blanc iraient lui parler et essayer de
lui faire dire ce qu'elle n'osait même plus penser, quand
elle reviendrait dans la lumière de sa conscience et que
de nouveau elle pourrait, fût-ce sporadiquement,
raisonner et se souvenir sans se rouler par terre et sans
s'arracher les cheveux, c'est alors seulement qu'elle
comprendrait qu'elle avait tout su d'avance sans
vraiment le savoir, qu'en fait des détecteurs subtils en
elle avaient perçu les signes du drame, que si elle avait
été aux aguets — mais il aurait justement fallu qu'elle
sache avant même de savoir — elle aurait pu déchiffrer
l'arrêt du destin proclamant que son fils allait mourir,
que la dernière vision qu'elle en garderait serait celle de
l'enfant s'éloignant dans le corridor sombre à la main de

son père, que tout s'interromprait au-delà de cette image ultime, comme un film qu'on aurait coupé avec des ciseaux — de sorte que sa petite face ne survivrait plus et ne sourirait plus que dans cette espèce de moule qu'elle en gardait au fond d'elle et qui était beaucoup plus que la simple aptitude à se souvenir.

Il n'écrivait pas, il n'éprouvait pas le besoin d'écrire cela. Il lui suffisait de savoir que ça devait avoir eu lieu ; il le mettrait dans le livre plus tard, elle en train d'habiller l'enfant ce matin-là, tandis que la vieille qui venait de se réveiller arrachait de gros phlegmes du fond de sa gorge et allait d'un pas traînant cracher des bouts de poumons dans le bol de toilettes, elle, Anne, en train de mettre les bas à Éric impatient et demandant sans cesse l'heure... Anne qui avait encore mal dormi — cela, il le savait aussi —, sortant sans doute d'une autre nuit blanche où elle avait veillé dans l'horreur de son insomnie, dans la moiteur de son corps dont l'odeur lui donnait souvent envie d'aller prendre une douche à trois heures du matin... C'était encore une nuit passée sur le bout d'une chaise, devant la table de la cusine, à fumer des cigarettes dans la petite clarté violacée qui tombait de la ruelle, parfois entre les rideaux de coton elle croyait distinguer un visage de femme un visage livide qui la regardait et lui souriait tristement et il lui arrivait de murmurer *moman c'est toi moman ?* puis elle sursautait et elle comprenait qu'elle s'était endormie en fumant, peut-être seulement une fraction de seconde, un rien de temps car sa cigarette ne s'était même pas consumée, et elle pouvait entendre, dans le grand silence qui précède l'aube, le souffle glouglouttant de sa mère, la respiration râpeuse de la vieille qui geignait doucement dans son sommeil comme si les grands doigts pointus de la Mort avaient déjà commencé à la pincer et à couper les derniers circuits dans l'enche-vêtrement pitoyable de ses organes malades, et Anne allumait une autre cigarette, entre les vieux rideaux

rose sale le mauvais petit jour faisait comme un halo
blême au-dessus des hangars de la ruelle, à présent elle
pouvait apercevoir le réseau inhumain des cordes à
linge et des fils électriques qui se découpaient sur le ciel
grisâtre, dans la cuisine il commençait à faire laiteux, les
objets reprenaient leur place et recouvraient leur visage
rassurant et familier, un souffle de vent très léger
faisait maintenant bouger les rideaux et Anne frissonna
dans la chaleur accablante de ce matin d'août, puis elle
se leva et un moment tout parut tourner autour d'elle
et elle ferma les yeux et cela passa, elle avait sommeil
tout à coup et elle marchait en titubant dans le corridor,
s'arrêtant un moment devant la chambre d'Éric pour
l'écouter respirer tranquillement dans son sommeil
d'enfant — ce qui allait être, était fatalement son
dernier sommeil de vivant mais cela elle ne le savait pas
son instinct de femelle et de mère ne le lui disait pas à ce
moment même car elle aurait sauté dans la chambre et
aurait pris son fils endormi dans ses bras et l'aurait
serré contre sa poitrine pour le protéger, pour faire que
cela n'arrive pas, pour qu'il reste avec elle et n'aille pas
mourir pauvrement dans l'eau sale de la rivière des
Prairies et elle aurait dit dans sa tête fiévreuse oh non
cela n'arrivera pas non une telle chose ne peut pas
arriver, et cela, cette citadelle d'amour, aurait suffi à
protéger l'enfant, à conjurer le sort, de sorte que rien
ne serait arrivé et que ce cauchemar ne serait jamais
sorti des odieuses conspirations des astres et des
constellations —, puis, sans un bruit, déjà aussi imma-
térielle et évanescente que sa mère, plasma on aurait
pu croire, matérialisation de sa propre pensée, apparition frissonnant dans la maladie de ses nerfs, elle rentrait dans sa chambre à coucher qui donnait sur la rue
et se mettait au lit où elle attendait vainement le sommeil, tendue et moite de nouveau, avec cette obsédante impression de mariner dans ses jus et dans ses
odeurs, de se décomposer vivante, de partir en sanie

dans sa pestilence, de se sublimer tout entière en puanteur, sa culotte lui collait dans la fourche, et sa main descendait sur son ventre creux et sur la touffe rude et ses doigts fourrageaient avec une sorte de brutalité maladroite, avec une espèce d'impatience dans son organe visqueux et flaccide, frottant le dedans de l'huître doucement baveuse qu'elle sentait dans son écartillement, elle grimaçait et se cambrait, puis enfin se laissait aller molle parmi les couvertures humides et chaudes sans avoir trouvé un apaisement, toujours crispée et douloureuse de tout ce mal d'exister qui faisait partie d'elle au même titre que sa maladie chronique, et le jour se levait pour de bon et la vie lente du samedi matin commençait à bouger dans la rue, et Anne ne dormait pas encore et elle savait que c'était fichu et que sa nuit était gâchée une fois de plus...

Et elle ne savait pas non plus quand elle habilla Éric parce que l'heure approchait, elle ne savait rien de ce qui se préparait et qui était déjà commencé quelque part dans les plis du temps qui se dévidaient autour d'elle et de lui comme des cheveux de folle, elle n'avait conscience que d'un samedi comme les autres, comme tous les samedis qui s'étaient succédé depuis qu'elle était revenue vivre avec sa mère à moitié morte, un samedi d'août tout simplement, pas plus sinistre qu'un autre, étouffant et lumineux, sentant fort l'asphalte chauffé et le gazon parce que le voisin passait justement la tondeuse cela faisait comme un gros bruit de nid de guêpes, un samedi où elle était comme entortillée dans sa fatigue, ses yeux cernés d'un petit mal sourd et dur comme des bagues de fer, la poitrine oppressée et la gorge brûlante d'avoir tant fumé sans avoir dormi... Et elle dit *Éric*, puis du temps passa, elle ne savait pas elle était comme somnolente et avait envie de se jeter sur le lit pour dormir enfin, car le sommeil rentrait en elle et lui montait à présent derrière les yeux et faisait comme une fumée qui s'interposait entre elle et cette journée trop chaude, cette corvée d'habiller le p'tit — *Éric viens ici Éric*, dit-elle encore, comme par acquit de conscience car l'enfant était près d'elle, tout près d'elle, contre sa cuisse, il la regardait en souriant, ébouriffé, avec cet air un peu trop gai de tous les samedis matin qui avait quelque chose d'exaspérant (*quoi t'es pas bien avec moi pis ta grand-moman j'te dis que t'es fin ta pauvre grand-moman qui est malade pis qui pleure pis regarde donc ça ce méchant enfant-là qui rit parce qu'il s'en va ah que c'est donc pas fin donne un beau bec à grand-moman va vite...*) Peut-être marmonnait-elle sans s'en apercevoir, elle ne savait pas, elle ne se rendait plus compte de grand-chose sa tête était comme affaiblie et prise de maladie, et c'était comme si elle n'avait rien dit et comme si elle n'avait même pas bougé, mais elle était à ce moment — et peut-être à l'instant même où il roulait sur la rue Notre-Dame et passait sous les poutrelles vertes du pont Jacques-Cartier — dans la chambre avec l'enfant assis sur le lit et tendant la jambe vers elle, *tiens je t'ai mis tes bas tu finiras de t'habiller tout seul à huit ans t'es capable t'es trop gâté*, et l'enfant dit quelque chose, il ouvrit la bouche pour dire quelque chose ou du moins elle eut l'impression qu'il avait ouvert la bouche, mais elle ne savait plus car au même instant elle s'était détournée et s'éloignait de lui, *j'vas demander à grand-moman*, dit-il en frappant le matelas de son petit poing, mais haussant les épaules elle sortit dans le corridor où il faisait perpétuellement pénombre comme dans une église désaffectée. À présent, elle pouvait entendre la respiration rugueuse de sa mère, et elle resta un long moment immobile, face à la porte fermée de la chambre où la vieille s'était recouchée sans déjeuner et s'était rendormie — replongée dans cette espèce de coma quotidien qu'il fallait bien encore appeler sommeil —, Anne restait là dans ce corridor, quasiment dans un état de torpeur, rêvant debout sans même le savoir, avec l'impression de n'arriver à penser à rien, vide et immobile, tâtant du bout des doigts un vieux kleenex durci roulé en boule au fond de la poche de son peignoir, et sans doute ne pensait-elle effectivement à rien mais elle croyait penser elle va traîner sa maladie comme ça encore pendant des années et des années, puis la vieille remua dans le lit il y eut le froissement des draps et le glissement des membres desséchés dans l'épaisseur de l'air tranquille et elle toussa longuement et Anne entendait bien que ça faisait mal roulait comme des poignées de billes au fond de la poitrine comme évidée mais il n'y avait rien à faire le médecin l'avait dit il fallait laisser la maladie faire son œuvre ah mon Dieu pensa-t-elle ah soupira-t-elle pourquoi qu'on ne peut pas tout simplement avec des pilules ou une piqûre ou un gaz la faire... Puis, derrière elle, de l'autre côté de la porte fermée de la chambre d'Éric, il y eut des bruits d'enfant, *mon père lui au moins il m'habille*, dit-il encore et elle faillit sourire mais elle ne savait plus au juste comment il fallait faire, comme si les muscles spécialisés qui font apparaître un sourire sur la face s'étaient atrophiés à force de ne plus servir à cet usage, comme si une ankylose plus grave et plus significative avait même perturbé et court-circuité les mécanismes intérieurs qui font qu'on peut à l'occasion sourire juste dans le secret de son cœur. Alors elle se détourna et marcha dans le corridor, puis elle était assise sur le bout d'un fauteuil dans le salon et elle allumait une cigarette, longue bouffée la fumée lui raclant la gorge — la pénombre du corridor l'avait suivie jusque dans le salon, elle formait une continuité, la permanence d'un sanctuaire dédié à l'immobilité, un crépuscule perpétuel où quelque chose était en train de s'achever : mais elle ne savait pas cela, elle croyait que sa lourdeur d'âme lui venait du manque de sommeil et de toute façon elle allait tout à l'heure tirer les rideaux et laisser entrer la lumière qui désinfecterait pour ainsi dire l'atmosphère viciée (irrémédiablement viciée, cela elle l'ignorait aussi) de la maison, elle allait s'habiller et sortir et elle

passerait à travers. C'est à ce moment qu'elle entendit
la voiture freiner devant la maison et elle alla soulever
un coin du rideau bien qu'elle sût d'avance que c'était
lui, et elle le vit comme il claquait la portière, grand et
mince avec comme toujours l'air de ricaner dans sa
barbe

(cela, il l'écrirait plus tard, comme pour faire son
autoportrait aussi peu ressemblant que possible, pour
brouiller les pistes et faire comme si ce roman n'avait
jamais eu d'auteur, et il sourit en se levant car à présent
bebé Myriam était réveillée et il entendait la clé qui
bougeait dans la porte d'entrée il fallait remettre tous
les projets d'écriture à demain)

puis elle entendit ses pieds sur les planches du
perron et cela résonna bizarrement au fond d'elle,
comme des battements de cœur supplémentaires ou
comme un élancement dans ce malaise qui lui venait de
nulle part et qui n'était sans doute attribuable qu'à une
mauvaise connexion dans les circuits de sa tête — rien
du tout, ça va passer...

TROISIÈME
PARTIE

I

J'ai dit *attends-moi* et il est resté sur le trottoir, disant *j'ai chaud popa pis j'ai soif on y va-t-y chez ton pepére?* tandis que je verrouillais les portières de l'auto, les tempes serrées, les yeux comme arrachés de la tête par cette lumière la chaleur cuisante du soleil nu qui pulsait comme un cœur monstrueux dans le ciel trop bleu. L'air vacillait ondulait autour de moi dans le délire de ce début d'après-midi où l'on avait l'impression que le monde entier était en train de flamber, toute chose en fusion l'asphalte ramolli comme réglisse sous les pieds, et ce casque de fer serré autour du crâne, et le sang qui cogne par giclées derrière mes yeux... Puis il marchait devant moi et je l'ai rattrapé je l'ai pris par la main parce qu'il fallait traverser le boulevard Gouin, autos folles à pleine vitesse propulsées le visage hagard crétinisé du conducteur une fraction de seconde entraperçu derrière le volant et tout au bonheur ineffable de se sentir aller vite dans le néant de sa pensée... Danger il faut éviter que le p'tit ne se jette, accident si vite arrivé je craignais toujours, ma responsabilité de popa du samedi, vigilant il faut, ne pas laisser les microcéphales de la route écraser l'enfant... Sains et saufs traverser et remonter sur le trottoir d'en face juste devant la maison de pepére Tobie... Entre les maisons, je pouvais voir la rivière

trompeusement bleue, étale et comme endormie,
langoureuse avec des airs de Méditerranée pour rire,
pas plus menaçante, en somme, qu'une grande couverture de coton couleur de ciel qu'on aurait étendue par
terre pour un pique-nique : bien sûr, à ce moment-là, je
ne savais pas encore vraiment ce que c'était, je ne
connaissais pas son appétit de bête fauve à l'affût
sournoise sa gueule avec des ventouses son immonde
estomac tourbillonnant qui digère les enfants en
chandail blanc et rouge il courait à présent devant moi
obliquement vers la gauche sur le parterre de la maison
de pepére — et en un coup d'œil j'avais bien vu que la
maison n'avait pas visiblement changé, elle apparaissait
comme autrefois peinte en blanc avec du noir autour de
ses fenêtres —, puis nous étions sur le côté de la
maison, il allait toujours devant moi, pressé qu'on
arrive dans le grand terrain d'où nous parvenaient des
éclats de voix et des rires, il sautillait en attendant que
je le rejoigne, l'herbe jaune s'ouvrant et se refermant
sur ses jambes comme de l'eau fangeuse pour le happer
à jamais me le prendre et me laisser tout seul perdu
dans les rues désertes qui sillonnaient le vieux pays
nocturne que je portais quelque part en moi (et en effet,
après l'accident, j'allais rester pendant des mois sous
l'effet du choc, frappé de stupeur, incapable de comprendre pourquoi rien n'arrivait à défaire ce nœud que
la douleur avait serré très fort dans mon cœur, offusqué
mais trop pris au dépourvu pour retrouver mon équilibre et réagir devant cet accident somme toute banal
et même pas émouvant lorsqu'on lit dans le journal
un enfant de huit ans se noie dans la rivière des Prairies, pas de
quoi en faire toute une histoire, hein ? un de perdu,
dix de retrouvés, on se dit, puis on tourne la page et
la vie continue — mais moi j'étais devenu comme une
chose inerte sur quoi rien n'a plus de prise, un animal
crevé au pied d'un arbre, une boîte de conserve vide

dans laquelle le premier passant venu peut flanquer un coup de pied)...

. . . .

Mais il n'écrivait plus car les choses s'étaient subitement brouillées devant ses yeux intérieurs. Il ne voyait plus exactement pourquoi il voulait écrire cela — mais il sentait qu'il était nécessaire que cela fût écrit. Il ferma les yeux et brusquement quelque chose se déchira comme un pan de brume qui se disloque, et il revit comme tout à l'heure l'enfant Éric chandail rouge et blanc qui bougeait dans l'herbe devant lui — se superposant et se confondant nécessairement avec l'autre image, ineffaçable et imprimée en lui pour l'éternité de la conscience et des regrets, le chandail rouge et blanc remontant dans l'eau noire comme une fleur morte, le petit corps qui pendait dans les bras du plongeur de la police, ah cette chair abandonnée! et ensuite il y avait eu ceci, lui, Alain, fonçant au beau milieu de la nuit, traversant comme un automate Montréal endormie pour entrer de nouveau dans la maison où Anne l'attendait dans la pire des angoisses — et même à présent, même au moment où il était installé devant la machine à écrire, il n'arrivait pas à comprendre comment il avait trouvé le courage inhumain de lui dire Éric est mort... Car il avait bien fallu évoquer devant elle, sans pitié pour la maladie de ses nerfs, cette image de désespoir qui lui avait sauté à la face tandis que le soleil achevait de se noyer dans l'eau pourrie de la rivière ; à elle comme à lui, il faudrait sans doute au moins toute la longueur d'une vie pour oublier cela ou plus justement pour moins souffrir ! À présent, dans sa tête tout le décor était dressé et il voyait aussi la maison de pepère Tobie, le petit perron éternellement délabré et tout déjeté vers la droite exactement comme lorsqu'il était enfant, le long terrain qui fuit vers l'eau, un drôle de petit morceau de pays où rien n'avait apparemment changé et où il devait être virtuellement facile de se retrouver, de se reconnaître comme dans un miroir truqué et de se plonger lâchement dans la sécurité d'une identité commune et bassement génétique, dans l'appartenance chromosomique dire qui on est, figure parmi les figures déteintes d'un portrait de famille (toutes choses qui pourtant n'expliquaient rien, même par les ressemblances plus ou moins fortuites et les trop problématiques liens du sang, mais créaient inévitablement une confortable impression d'appartenance, une stabilité de décors de théâtre mais quand même une sorte de solidité absurde jusque dans la matière même du temps)... C'était comme si les horloges avaient cessé de tourner dans la vieille maison où rien ne bougeait plus, comme si le fil de la durée s'était cassé net aux frontières du terrain de pepére Tobie, comme si la vie s'était figée et gelée là, exclue à jamais de tout risque de transformation ou de progrès...

On est arrivés derrière la maison, écrivit-il, et je les ai vus. Au même moment je voyais aussi mes deux frères, comme avec des yeux spéciaux je les avais tout de suite repérés — il y avait si longtemps qu'on s'était vus ! — Rémi et Germain qui se levaient et quasiment couraient vers nous disant *Alain c'est-y pas Alain maudit que ça me fait plaisir...*

— *Y a amené son p'tit gars*, a coassé la tante Philomène, énorme grenouille maintenant, toute tassée au fond de sa chaise de jardin avec sa moustache et ses yeux pochés noyés dans le bistre et la chassie, *viens icitte mon p'tit chéri viens voir ta matante Philomène comment que tu t'appelles ?* (et à présent elle me regardait me photographiait d'un seul coup d'œil et elle a dit s'exclamant :) *regardez-moi donc c'te grand fouet il change pas il est exactement pareil comme quand il restait icitte excepté qu'y a une barbe ça te fait pas bien on te voit plus la face dans tout c'te poil-là* (et regardant de nouveau l'enfant :) *il s'appelle comment c'te beau p'tit bonhomme-là ?*

Éric a dit son nom, et au même instant je voyais popa qui riait là-bas, sous les feuillages et les fleurs de la pergola, il m'a fait de la main un signe comme on en fait aux vagues connaissances qu'on n'a pas vues depuis longtemps, et il a crié dominant le brouhaha *tiens un revenant!* et tout le monde nous regardait à présent, et lui il restait écrapouti dans sa chaise de toile, inchangé et inchangeable, tel que je l'avais toujours vu, tel que je me l'étais imaginé dans la terreur et la détresse d'autrefois et tel qu'il était resté piqué parmi ma collection de souvenirs que je n'aimais pas beaucoup regarder (il y était resté comme le fuyard de la nuit, une face voilée d'opprobre qui disparaissait dans la petite gare chichement éclairée là-bas à Saint-Eustache, qui se collait peut-être à la vitre tandis que le train l'emportait vers Montréal et que moi son enfant je dormais sans rien savoir dans la maison de sa belle-sœur Estelle), mais aujourd'hui il faisait plein soleil et sa face était dans la lumière, sa face trop rouge de buveur de bière, sa dent d'or et son ricanement cassé, assis bien sûr à côté de sa fardée mongolisante variqueuse Gertrude qui me regardait d'un œil vitreux indiscutablement vide (mais me zieutant comme un singe regarde une banane, je me souvenais ignominie ô frissons ses mains sur mes cuisses, j'avais une douzaine d'années j'étais venu passer trois quatre jours avec popa et la Gertrude, pepére Tobie avait dit dans les sifflements de son dentier usé *oublie pas de revenir mon p'tit batêche* et il riait en se grattant le ventre, faut dire qu'à cette époque ça commençait à capoter dans sa tête mais je savais qu'il m'aimait pour vrai et complètement, alors popa était parti faire du taxi et elle voulait savoir si déjà je bandais, elle se souvenait évidemment de ce qu'elle me faisait voir quand j'étais petit, quand j'avais à peine six ans et qu'elle s'ouvrait béant le mollusque devant moi et qu'elle avait voulu me forcer avec ses mains me poignant par les oreilles à mettre ma face dans ses odeurs dans son poil pisseux dans le jus baveux qui

venait sur les languettes compliquées de son organe
rougeâtre échauffé parce que tout le temps elle se
touchait se triturait là-dedans avec ses doigts, alors bien
sûr qu'elle se souvenait — parfois toute seule elle devait
rire aux éclats en revoyant l'enfant maigre agenouillé
devant le bol de toilettes et vomissant à s'arracher les
boyaux parce que sa bouche était souillée maudite et je
pleurais de dégoût et de rage parce que je ne pouvais
rien dire à mon père qui ne croyait que les mots sortis
de la grosse bouche de la Gertrude elle lui mettait la
main dans les culottes je les ai vus qui s'embrassaient
dans le corridor elle le faisait avec sa langue ses doigts
vite vite et popa gémissant tout mou contre le mur
tremblotant la gueule saliveuse tandis qu'elle disait *mon
beau namour* puis elle était debout contre le mur à son
tour popa se collait sur elle faisait des sons avec la
bouche la gorge ah oui le retroussement du peignoir il
bougeait tout excité dessous il lui faisait ça debout il
avait l'air d'un gars en train d'entailler un érable —,
alors cette fois-là elle a dû se dire c'est un adoles-
cent il est capable de m'enfiler maintenant il pourrait
parfaitement le faire, et elle a ouvert son peignoir
jaune qui sentait si fort le parfum que même les
mouches n'osaient pas trop voler dans les parages,
et en même temps elle écartillait les cuisses disant *t'es un
beau grand garçon asteur*, c'était un gros mouvement
flasque dans les bougements gélatineux de sa cellulite,
elle voulait que je regarde et là-dedans c'était évidemment tout suintant tout velu, comme autrefois mais
en pire car le temps n'avait rien arrangé, et elle a dit
c'est-y beau ça? et elle me tenait assis de force près
d'elle au bord du lit, je ne pouvais ou n'osais pas me
dégager, c'était malgré je n'y pouvais rien, et sa main
frottait en haut de ma cuisse et elle tâtait pour voir si *ça
te fait bander une belle grosse plotte de même hein mon p'tit cochon
t'auras rien t'es trop vicieux!* et elle s'est levée en riant aux
éclats, il lui manquait des dents en avant, puis elle s'est
détournée, se rajustant, ne me regardant même plus,

alors moi je suis sorti de la pièce, j'avais l'air normal
c'est-à-dire que j'avais la même apparence extérieure
que d'habitude mais dans ma tête en feu j'étais en train
de me demander où popa avait bien pu ranger le fusil le
gros calibre .12 dont il s'était autrefois servi pour
abattre un lièvre je me souviens de sa chair déchiquetée
le sang qui pissait sur la neige ce n'était qu'une bouillie
de viande en charpie et de poils mais il y avait encore les
yeux étonnés qui nous regardaient et n'avaient jamais
rien compris à ce qui avait fulguré, alors je voulais le
fusil pour lui faire un gros trou rouge dans la panse, un
gros trou de viande rouge saignante qui aurait peut-
être eu la forme du lièvre mort — savoir si les armes
n'auraient pas une sorte de mémoire au moins balis-
tique —, lui arracher d'une seule décharge de chevro-
tines son ventre mou de vieille guidoune même plus
assez appétissante pour lever les clients soûls de la
rue Saint-Laurent, puis je me suis dit que ça ne valait
pas la peine, la colère la honte l'humiliation ne sortaient
pas de moi, non, mais je laissais tout tomber, je n'avais
rien d'un assassin ou du moins je ne pouvais pas
imaginer que mes mains auraient consenti à le faire,
ç'aurait été une autre sorte de souillure et alors je
n'aurais pas eu assez de ma vie entière pour vomir
jusqu'à la plus petite parcelle de ce souvenir, mais en
même temps j'avais en moi, dans un autre segment de
moi — morceau de couleuvre tronçonnée qui continue à
bouger tout seul — l'envie d'aller dans la pharmacie des
toilettes et d'y prendre le vieux rasoir droit dont popa
ne se servait plus et de revenir dans la chambre lui
trancher bien proprement sa gorge porcine, la laisser
gargouillante éperdue dans l'horrible coupure ouverte
comme une seconde bouche pissant du sang jusque sur
le mur, roulant des yeux de folle et tombant comme une
masse dans son sang où je verrais son image se refléter
à l'envers)...

Un moment, je suis resté là, tandis que mes frères
me parlaient et que je leur répondais automatiquement,

ne pouvant détacher mes yeux du sourire factice qui barrait la face de Gertrude d'un bord à l'autre, son maudit sourire mécanique qu'elle avait dû acquérir à force de servir de la bière et autre chose à ses clients obtus dans la gargote du fin fond du bas de la ville où elle avait travaillé... Puis popa s'est penché vers son frère le grand Philippe et il a ajouté *tu le reconnais c'est mon Alain...*

— *Difficile à dire on le voit rien qu'aux enterrements pis aux mariages*, a dit Philippe sans me regarder, et je trouvais aberrant de voir popa faire des courbettes et s'aplatir devant le grand Philippe qui l'avait quasiment toujours traité comme une vulgaire marde, l'avait même tapoché après la mort de ma mère — mais je ne voulais pas penser à ça...

J'essayais de penser le moins possible à ces choses qui me faisaient dresser le poil sur le dos, je marchais tranquillement dans l'herbe haute avec mes deux frères. À présent qu'on était dispersés un peu partout et que nos vies avaient pris des directions différentes, on trouvait du plaisir à se revoir, ça ne durait pas longtemps parce qu'on n'avait pas grand-chose à se dire mais le plaisir était là il fallait bien le prendre pendant qu'il passait, et Rémi me disait *Christine est pas encore arrivée je sais pas ce qu'ils font elle est censée venir avec mononcle et matante pour moi ils ont changé d'idée...* Mais ça, je m'en fichais, je ne tenais pas particulièrement à la voir, ma sœur la snobinette élevée par l'oncle riche de la famille et qui était avec le temps devenue une sorte d'étrangère, je n'arrivais même pas à imaginer à quoi pouvait ressembler son visage d'adulte, elle ressemblait peut-être à moman — mais même le visage de moman était difficile à déterrer dans le fond de ma mémoire, il ne m'en était resté en fin de compte que son masque souffreteux des derniers temps et il me semblait qu'elle n'avait jamais eu d'autre visage que celui-là qui en réalité n'offrait pas de différence perceptible avec celui qu'elle avait dans son cercueil —, je ne sais pas, elle était disparue trop vite de ma vie, c'est-à-dire que ma sœur et ma mère étaient sorties de ma zone de perception ou d'influence presque en même temps, d'une façon foudroyante et irréversible, c'était comme si je n'avais jamais eu de sœur — ni personne au fond —, de sorte qu'il ne me venait d'elle que des images délavées et quasiment transparentes, une fillette un peu grasse avec des nattes blondes que mes frères et moi attachions à un piquet de clôture avec un bout de corde à linge, en fait toujours les mêmes séquences, son petit visage avec ses yeux étonnés dans la chambre pénombreuse où moman mourait tout doucement, l'enfant qui ne pouvait pas comprendre pourquoi tout ce monde était massé autour d'un trou au-dessus duquel oscillait au vent d'automne un cercueil de bois aux reflets dorés — ah oui elle avait ri et battu des mains parce que c'était la première neige que le vent poussait à travers le cimetière, elle qui n'avait pas encore assez d'âge pour entendre les sifflements de la faux que l'Ombre passait sur nos têtes —, cette enfant que popa ne pouvait plus garder à la maison et qu'il avait confiée à son riche parrain le dentiste, et alors elle avait vécu dans le monde doré sur tranche de l'oncle Gérald et de la tante Yvette qui, à force d'insister, l'avaient adoptée pour vrai, changement de nom et tout le machin, et bien sûr il n'était plus tellement question qu'elle nous voie, nous autres ses frères et son père, on n'était pas du monde bien, ça c'est vrai, alors qu'eux vivaient dans un milieu vous savez le standing les grands chapeaux potagers ou à plates-bandes fleuries excusez-moi médème et les garden-parties à la lueur des lanternes chinoises les pepéres et les meméres qui se font chier à mort et qui se soûlent élégamment au champagne en voulez-vous en v'là et c'est aussi le thé de trois heures ma chère et le bridge et le cacaniche tout baveux cacalicheux comme doivent être tous les cacaniches pour titiller les entrebâillements des médèmes sur le retour qui ont à leur disposition le chauffeur à casquette et la bonne en p'tit tablier blanc bordé de dentelle ça va de soi et aussi le type qui leur coupe leur haie et brosse leur patio et toutes sortes de torche-culs et la piscine chauffée et les hivers dans le Sud et des varices et des furoncles dans la fourche et de la barbe au ventre et aussi une belle grande fille qu'on aime comme si on l'avait faite soi-même si c'est pas une chance du bon Dieu moi qui pouvais pas avoir d'enfant le docteur Spong l'a dit alors ma belle-sœur ouioui celle avec le cancer oui elle est morte alors nous autres Gérald et moi on s'est dit vous savez bien que ce serait une bonne action et de toute façon elle aurait fini par mal tourner dans sa famille de fous son père qui conduit un taxi il reste avec une femme comment je dirais bien ça vous savez une femme qui ouioui c'est ça alors vous comprenez que la pauvre fille l'a échappé belle !... Alors nous, à la longue, on s'est habitués à penser que nous étions trois frères et rien de plus — et puis, de toute façon, depuis le temps on s'en foutait pas mal...

Je me suis tourné et j'ai vu Éric. Il avait fini par s'avancer vers la grosse matante qui l'appelait quasiment comme on appelle un chien, tsst ! tsst ! et il allait timidement mais avec une certaine fermeté, laissant comme un sillage dans cette herbe jamais coupée qui l'engloutissait à chaque pas, marchant tout doucement vers le groupe des matantes, des mononcles, cousins cousines et tout le reste qui était agglutiné sous la pergola, près des vinaigriers où pendaient richement les cônes de velours rouge, tout ce monde qui nous regardait à la dérobée, Éric et moi, en s'entrechuchotant des choses et en laissant partir ici et là des sourires sirupeux (à présent, je ne pouvais plus faire abstraction de cela)... Le vent faisait comme poudroyer de la lumière dans les cheveux d'Éric, il s'éloignait tout vivant dans cette herbe jaune, faisant dans sa timidité un énorme

détour pour éviter le groupe, l'autre groupe, celui qui
était installé à côté de la pergola, directement dans
l'ombre du saule géant qui tremblait dans le petit vent
avec son feuillage qui paraissait fait de plumes d'oiseaux
verts et qui jaillissait comme une immense fontaine
d'odeurs et de chuintements jusqu'à plus de quarante
pieds dans l'air bleu foncé, alors Éric avait fait un
crochet pour éviter cela, de sorte qu'un moment il eut
juste devant lui, juste dans l'axe de sa marche, dans la
lumière de ses yeux, la rivière qui coulait calmement,
perfide, imperturbable comme l'est toute nature, avec
ce bleu trompeur que j'avais déjà aperçu tout à l'heure
en arrivant sur le boulevard Gouin, cette épaisse eau
brune que bleutait puissamment en surface la splendeur
de ce ciel tout déchiré au-dessus, oui cela apparaissait
dans la ligne de sa marche juste avant qu'il n'atteigne la
petite pergola blanche, le bouquet de vinaigriers qui se
balançaient languides dans le vent chaud, les chèvrefeuilles et les reptations aériennes des gloires-du-matin
roses, ombrage mouvant ça faisait comme de petites
vagues vert foncé sur l'herbe et gris sombre sur les
pierres du patio, c'était là-dedans qu'Éric lui-même
avait fini par entrer, parmi tous ces gens étalés vautrés
en vêtements clairs, robes légères à ramages voyants et
pantalons de coton pâle, ici et là une sans doute cousine
ayant encore forme humaine, vague souvenir d'avoir
dansé avec celle-là autrefois, ou d'avoir taponné dans
les coins cette autre qui à présent a une moustache
blanchie au peroxyde et des genoux cagneux, ou encore
c'étaient de vagues cousins impossibles à identifier,
même ceux que j'avais pu bien connaître au cours de
mon enfance, car en réalité le temps avait tout chaviré
ça, avait tout déguisé, masqué les visages de sorte que
les anciens enfants étaient bel et bien morts étouffés
sous la chair malsaine des adultes, et d'ailleurs tout ça
était habillé risible, petits messieurs frisottés freluquets,
éclairs ici et là de sourires chromés de vendeurs, et aussi
pour qu'il ne manque rien des gougounes de salles de

danse, fonctionnaires et mièvres destins de rien du
tout, étudiâtres boutonneux qui lorgnaient tantales du
côté des cousinettes de la nouvelle génération d'un air
de vouloir se dessaler sans trop savoir comment,
commis qui ont de la naphtaline jusque dans leurs
caleçons faute d'y avoir autre chose, et cette faune
inénarrable évidemment malaxée parmi matantes et
mononcles bien en chair ou desséchés, ceux de l'autre
bout des générations, qui tiraient sur leur tronçon de
chaîne et s'enfonçaient en grimaçant macabres dans la
noirceur du temps et allaient bientôt basculer de l'autre
côté de la dernière frontière, ah oui la famille avait
beaucoup vieilli (on entendait déjà le bruit des pelles
dans les cimetières), mais qu'importe c'était la fête, et
on s'était donné la peine de bien faire les choses, la
fierté de péter haut ou du moins d'en avoir l'air, fléau
familial que c'était, se gourmer ils avaient ça dans le
sang, tous et toutes vêtus avec une élégance parfaitement atroce, avec une certaine recherche débile, car il
faut bien comprendre c'était l'anniversaire de pepére
Tobie (je savais très bien que mes jeans pas très neufs
les faisaient chier jusqu'à la dernière dent de leur
dentier et que s'ils l'avaient osé ou s'en étaient senti la
force ils se seraient levés en masse, une seule poutine
une seule chair comme on dit, tout ça se serait dressé,
ergots et tout le bataclan, cocoricos, ailerons déployés,
innommable monstre hybride vers moi fondant, ah oui
ils se seraient précipités, irrués sur ma sale gueule et ils
m'auraient au plus coupant fait passer l'envie de
m'exciter sur les machines à écrire, moi tout occis aplati
pas regardable flicflac à même les pierres du patio, ils
m'auraient fait rentrer sous terre à coups de talons,
allez lombric on t'a assez vu ! ouioui c'est comme ça
qu'on les plantes les écriveux Dieu merci ça ne repousse
pas, ah oui je la vois la belle curée, le fou de la famille
subito zigouillé, on les lui coupe ou on les lui laisse ? pas
d'importance, pour ce qu'il en fait de toute façon, ça fait
rien l'ordure ça écrit pis c'est même pas capable de

s'habiller comme du monde allez piétinez concassez qu'il n'en reste plus rien, on fera même un autodafé plus tard on va les flamber ses chienneries scribouillages, barbeaux de demeuré, babebibobus obscènes, tout son écœurant fatras à ne plaire à quiconque, ah l'illisible! ah le déplaisant! ah l'anticonteur d'histoires! ah l'antorgueil de ses mononcles et de ses matantes! ah le vampire des mots! lui pis son taponnage pour happy fews, sectaire le sacrament de baveux, aha! on va te lui en faire, le grand toton! pas lui qui va essayer de faire plaisir au monde ordinaire, la masse non oh non, pas pour monsieur! et ça se prend pour qui pour quoi? ah tu nous chiais dessus! en dentelles sa peau! me le déchiquetez! qu'on extermine tout ça lui pis ses maudits livres on va les mettre en l'air salut la boucane à mort le sorcier sus à l'infidèle!)... Et je me suis soudain rendu compte que je souriais idiotement tandis que mes frères continuaient de me parler et paraissaient ne s'être aperçus de rien, machines à paroles ça ne leur faisait rien que je ne les écoute pas puisque j'avais la décence de ne pas les interrompre, et j'ai cru comprendre que Germain disait en montrant pepére d'un signe du menton *y est encore bon pour un bonhomme qui a quatre-vingt-onze ans aujourd'hui...*

Alors je le regardais, le Tobie, il était assis là où ses enfants l'avaient posé au début de l'après-midi, allègre c'était vrai, vieux jusque dans ses moelles, ricanant tout cassé perclus, comme soudé à la chaise de cuisine qu'ils avaient sortie et installée sous le saule exprès pour lui parce que son dos aurait sûrement craqué dans les molles et profondes chaises de jardin, et il était là, un peu oublié par ces gens qui étaient venus le fêter, isolé dans son début de surdité, derrière les cataractes qui commençaient à lui manger les yeux, oublié sur sa chaise de bois comme un mal nécessaire, pathétique survivant de lui-même — car à présent il n'était même plus un témoin du passé, ou du moins pas un rescapé d'une autre époque qui aurait encore été capable d'évoquer les temps révolus et aurait mérité pour cette raison un certain respect, faute de susciter un véritable intérêt —, je le regardais avec un gros serrement dans le cœur parce que son image ancienne (ou la preuve que j'avais vraiment habité le palais fabuleux de l'enfance) venait couvrir celle qui branlait faiblette dans l'ombre bleutée du saule, entraînant avec elle toute une brochette de souvenirs que je ne voulais pas laisser remonter pour le moment, je le voyais dans l'ombre tremblotante des feuilles qui donnait à ses petits mouvements trémulants l'apparence d'un spectacle éclairé au stroboscope...

— *Viens donc t'asseoir un peu avec nous autres Alain*, a dit l'oncle Philippe toujours grand et sec, assis à la droite de popa et penché vers lui comme pour les grandes confidences — comme si une haine presque inexpiable ne les avait pas séparés depuis la mort de moman —, *viens jaser un peu avec le monde sainte viarge t'es pas pour rester tout seul dans ton coin à nous snobber pour une fois qu'on te voit la face viens t'assir un gars qui écrit des livres ça doit avoir ben des affaires à dire*, et il a ri avec ses gras crachats dans la gorge et il me montrait de la main la chaise libre à côté de lui... Mais je ne voulais pas m'asseoir tout de suite, je marchais dans le groupe, incapable par moments d'identifier les visages que je croisais, répondant au hasard aux salutations ou aux sourires, me penchant au passage pour embrasser la joue desséchée du vieux Tobie qui n'avait pas l'air de me reconnaître ni, de toute façon, de bien comprendre ce qui se passait (*le gars à Angèle*, criait le grand Philippe soudain debout, puis il s'approcha de son père et lui cria dans l'oreille *c'est le gars à Adjutor pis Angèle*) mais je n'aimais pas entendre le nom de ma mère proféré par une telle bouche et en un éclair je l'ai revu qui donnait des coups de poings dans la face rouge de popa chétif petit lapin qui se débattait puérilement et j'ai eu brusquement dans les mains une

terrible envie de lui casser tous les os de sa gueule car
maintenant c'était moi le plus fort, mais je ne disais rien
et il est allé se rasseoir, puis le vieillard a secoué la tête
et il disait *c'te pauvre Angèle c'est donc pas drôle batêche*, puis il
a grimacé une sorte de sourire comme s'il me reconnaissait enfin, et sa tête branlait encore et il sirotait
avec gourmandise son verre de bière et il disait aussi
ouais ouais ça fait ben longtemps héhé mon p'tit arçon, parlant
bien sûr du fond de ce brouillard où sa vieillesse l'avait
enfoncé et d'où il ne sortait pour ainsi dire plus, cette
antichambre de la vraie mort d'où il percevait tout
déformés les gens et les choses... Puis je suis allé
m'asseoir mais l'oncle Philippe était en grande conver-
sation chuchotée avec popa, là-bas la tante Philomène
avait apprivoisé Éric et l'avait sur ses genoux, un petit
attroupement s'était formé autour et ça riait parce
qu'on lui faisait dire des polissonneries, une vague
cousine blondasse avec de gros sourcils noirs me tendait
un verre de bière couvert de buée, puis je buvais à
petites gorgées, un peu comme Tobie peut-être, répétant déjà les gestes que je ferais quand le temps m'aurait
réduit à l'état d'épave, les seuls gestes qui restent aux
vieillards trop vieux pour comprendre qu'ils ont depuis
un certain temps dépassé le seuil même de leur mort
et qu'il leur faudrait pour ainsi dire revenir sur leurs
pas pour mourir correctement — au lieu que leur dernier souffle leur échapperait un bon jour comme par
accident, comme par une sorte d'indélicatesse du destin,
comme par une inattention grotesque qui vient vous
flouer de votre propre trépas où vous entrez à reculons
comme un vieil enfant que sa mère aurait oublié dehors
après souper et qui n'aurait pas pu profiter de cette
aubaine inespérée parce qu'il serait figé par la peur
d'être puni ou celle d'être oublié pour toujours...

Ils étaient tous là, réunis comme autrefois, comme je
les avais parfois vus quand j'étais enfant, comme pour
la reconstitution d'un tableau ancien ou d'un crime : tels

qu'autrefois mais surtout dans ma mémoire ils m'étaient
toujours apparus — moins l'espèce de nimbe, de halo
que les étirements du temps ou les distorsions de la
mémoire avaient drapé autour d'eux —, tels qu'en eux-
mêmes un début d'éternité ou, simplement, l'usure
qui s'appelle le temps, les avait changés, creusant les
masques, accusant les crevasses des visages, défonçant
les sourires et cassant les dents, descendant les coins de
la bouche et tirant sur les joues, cet effort de sculpture
à même le vif des chairs les mettant à nu, les perçant à
jour, les tripes de leurs pensées étalées tout autour
d'eux, le vieillissement jouant le rôle d'un révélateur
suprême mettant nette sous mes yeux leur image
authentique, la photo de leur être intérieur qui s'était
constamment dissimulé sous ce masque solide et ferme
autrefois mais qui aujourd'hui avait ramolli et laissait
tout transparaître, trahissant les moindres blessures de
l'âme, les avachissements du cœur, les désirs sordides
qui avaient grouillé en eux, les fêlures profondes qui
affleuraient à présent dans leur être physique, toute la
faune de l'en-dedans qui nageait dans les regards
alourdis, de sorte qu'il suffisait de la cassure d'un geste,
de la profondeur d'un regard ou du craquement d'une
articulation pour qu'on apprenne que tout un monde
était en train de s'écrouler derrière ces visages, que la
dégradation avait opéré et que fatalement le corps avait
fini par ressembler à l'âme — et l'abrasion, le délutage
des années, déliant leurs vieux gestes et tassant
l'humain contenu dans leurs corps, les présentait enfin
dans cet emballage qui allait les contenir jusqu'à la fin
de leur vie...

Même à l'ombre, dans l'ombre papillottante des
vinaigriers et des vignes vierges de la pergola, c'était
fournaise et j'avais l'impression que ma cervelle allait se
mettre à bouillir pour liquide me jaillir par le nez — je
pensais les Égyptiens autrefois avec leurs crochets
déloger la cervelle vider la tête par le nez pour le voyage

vers Osiris : mais en fait, je ne pensais pas vraiment...
J'étais assis là, tout simplement, ma pensée utilisable se
résumant dans cette sensation que j'avais chaud et que
j'avais hâte qu'on en finisse — alors qu'en apparence
rien n'avait commencé, tout le monde étant encore assis
à sa place, papotant et tétant de la bière ou le punch que
la tante Philomène avait spécialement préparé — et qui,
par le fait même, ne risquait sûrement pas de provoquer des crises de délire éthylique, les remords de ses
beuveries solitaires de jadis se projetant jusque sur
l'alcool qu'auraient pu boire les autres —, pepére pa-
raissant comme tout à l'heure oublié sous son saule,
branlant la tête et marmonnant tout seul et ricanant
comme s'il suivait pour vrai les conversations qui se
déroulaient autour de lui... Puis la porte de la maison
s'est ouverte et Éric a couru sur le chemin de gravier fin
et j'ai pensé ah bon c'est curieux je n'avais même pas
remarqué qu'il était entré, puis je ne le regardais plus,
mais une sorte d'écho au fond de moi continuait de
penser comme en pensant à autre chose *je me demande ce
qu'il pouvait bien avoir à faire dans la maison*, puis je me suis
dit qu'il était tout bonnement allé faire son pipi et en
même temps j'ai fait un vague sourire d'approbation en
direction de l'oncle Philippe qui venait de se tourner
vers moi en disant quelque chose, puis il s'était de
nouveau détourné et je voyais Éric qui marchait de
l'autre côté de l'allée de gravier et qui disparaissait
derrière le bouquet de rosiers sauvages, mais j'avais eu
le temps de voir qu'il tenait quelque chose à la main et
cette fois j'ai pensé ça y est il va falloir que j'aille voir,
mais je ne me levais pas encore car j'étais bien et tout
engourdi au fond de ma chaise...

— *On l'a fait faire à la pâtisserie d'Artagnan*, a dit la
flasque voisine Madame Boéchaut (qui avait toujours,
autant que je m'en souvienne, habité à côté de chez
pepére), son goître comme fanons pendillant entre
mâchoire et corsage distendu, *je vous dis que je me suis levée*

de bonne heure pour aller le chercher parce que fallait que je vienne
préparer les sandwiches vous comprenez c'te pauvre Philomène fait
bien son possible mais à son âge elle a pus la santé qu'elle avait est
pus capable d'arriver à faire du gros travail comme ça toute seule...

— Non ça se comprend, a dit Paulette, maigre-échine la
femme à Philippe, *moi-même je viens à moitié folle quand je*
reçois rien que deux ou trois personnes à la fois pis avec mon Phi-
lippe qu'est inviteux comme pas un c'est toujours à refaire mais...

Et partout ça fusait, bavardages insignifiants entre
deux gorgées de bière ou de punch, ça me rappelait les
fêtes d'autrefois, il suffisait d'un petit effort d'imagi-
nation, car tout y était virtuellement encore, c'était
comme si aujourd'hui, en cet après-midi tropical, tous
ces gens s'étaient réunis pour poursuivre une conver-
sation amorcée bien des années auparavant mais jamais
poussée jusqu'à son terme à travers les multiples
occasions où ils s'étaient assis ensemble un peu comme
en ce moment, où ils avaient parlé sans se rendre
compte que c'était toujours la vieille rengaine qui se
poursuivait, presque inchangée au fil des ans, chargée
de parures et de détails nouveaux, de broderies qui lui
conféraient une place unique dans la réalité et dans le
temps, triturée et transformée superficiellement jusqu'à
devenir parfois méconnaissable, mais toujours la même
d'une fois à l'autre, chacun y allant de son petit refrain
puisé au réservoir qui fait l'esprit des familles — de
sorte qu'encore une fois je me sentais douillettement
installé dans l'impression rassurante que je n'avais pas
vieilli et que rien ne changeait jamais et que nous étions
tous immortels...

Je me rendis soudain compte que j'avais les paupières
lourdes et que je commençais à somnoler — ma nuit
plus ou moins blanche me rentrait dans le corps tout
d'un coup, j'aurais donné n'importe quoi pour pouvoir
m'étendre dans l'herbe, une couple d'heures tout seul
dans l'herbe sous le saule —, et je les entendais en co-
gnant malgré moi des clous...

— *Le pauvre vieux on fait bien ce qu'on peut pour l'aider mais on peut pas se fendre en deux après tout on est rien que des voisins...*

— *Trésor sers-lui donc de la bière son verre est vide* (Monsieur Boéchaut passait devant nous, s'excusant avec quasiment des ronds de jambes, ne lui manquait que la livrée à ce valet inné ! et il se dirigeait vers la maison, sa femme se leva aussitôt et murmurant elle aussi des excuses le suivit, se penchant au passage vers le vieux Tobie et lui prenant son verre vide *je vous en rapporte d'autre* et le vieillard a encore branlé la tête et il ricanait je pouvais voir reluire un peu de salive qui descendait sur son menton maigre).

— *Ça fait qu'ils m'ont dit la prochaine fois c'est le bistouri j'te dis que depuis ce temps-là je me tiens le corps raide pis les oreilles molles c'est pas un cadeau de se faire...*

— *Tout le monde sait ça qu'elle a commencé à quatorze ans ils disaient que c'était une enfant précoce on voit ce que ç'a donné !*

— *Non merci deux cubes de glace seulement c'est ça...*

— *Du trente-six vous pensez à son âge ?*

— *Ils l'ont poignée à faire zizipompon dans la ruelle puisque je vous le dis ouioui...*

— *Trois semaines au sérum...*

— *Tous les matins oui madame demandez à Adjutor hein Adjutor elle veut pas me croire...*

— *Les p'tits gars sentaient ça qu'elle était comme une chienne en chaleurs...*

— *Pis l'infection s'était mise là-dedans...*

— *Ben c'était déjà une femme pour ça oui y a pas de doute !*

— *L'estomac y a rien de plus traître moi mon propriétaire...*

— *Oui ma chère tous les gars de la rue...*

— *Deux piasses et vingt-neuf en vente chez Fuckinsohn...*

— Comme ça elle sait pas c'est qui qui lui a fait son enfant c'est pas drôle...

— Quatre ponctions il en menait pas large...

— Était portée à découdre en dessous des bras mais pour le prix...

— Il te conte pas de menteries c'est vrai aussi vrai qu'y a un bon Dieu qui nous regarde tous les matins le bonhomme était pas sitôt levé qu'il montait sur le coffre à bois héhé le maudit Tobie il portait rien qu'un p'tit rase-trou c'était pas plus long que ça une sorte de camisole qui lui cachait même pas le bataclan...

— Laisse faire chose j'vas aller me servir toute seule toi tu mets trop de gin j'ai pas envie de me paqueter la fraise icitte cet après-midi...

— Pis la coupure s'est rouverte les points de suture avaient déchiré...

— Mais tu sais ce que c'est on fait pas ce qu'on veut quand on travaille sur le taxi...

— Une vraie guidoune elle avait le feu quelque part vous voyez ce que je veux dire ça sortait avec une p'tite jupe courte on lui voyait tout le derrière...

— Ça fait que le vieux il grimpait sur le coffre à bois pis il se montait sur le bout des pieds pis il décrochait sa maudite bombarde qu'était pendue tout en haut du mur pour pas qu'on la prenne nous autres les enfants pis il redescendait de là vous imaginez ben qu'y avait tout le moineau à l'air avec le p'tit rase-trou qu'il avait sur le dos pis il s'assisait au bord du coffre à bois pis il se mettait à jouer de la bombarde vous auriez dû voir ça le pére y avait la bebelle qui y traînait sur le bord ça fait qu'on y disait son pére hé son pére on vous voit le moineau pis lui il arrêtait de jouer de la bombarde rien que le temps de dire c'est pas grave c'est de la peau comme ailleurs...

Cette fois, à peu près tout le monde s'était tu pour écouter Philippe... Puis ils ont ri et le vieux Tobie a branlé sa tête un peu plus fort, ricanant et répétant à n'en plus finir *de la peau comme ailleurs héhé!* jusqu'à ce que Madame Boéchaut lui mette dans la main un verre de bière, alors il l'a levé comme pour un toast et sa main tremblait plus que jamais on aurait dit, comme si à son âge chaque minute — et même chaque seconde — avait apporté des changements physiques notables, comme un ultime fignolement au processus de vieillissement parvenu pas très loin du bout du rouleau (mais je ne savais pas, à ce moment précis où je pensais cela, j'ignorais que le plus vieux parmi nous était Éric dont tout le reste de vie pouvait déjà tenir dans une toute petite pincée de minutes, lui dont la fin approchait, lui qui sans s'en rendre compte devait entendre siffler la faux, lui dont le scénario de mort avait déjà commencé à s'organiser, une ombre de fatalité planant sur sa tête, car cela allait brutalement fondre sur lui comme une sorte d'abominable oiseau de proie).

Mais il fallait que je me lève, il fallait que j'aille voir ce que faisait Éric derrière le bouquet de rosiers sauvages. La seconde floraison se préparait déjà, le parfum grave et un peu rond des roses rouges montait tout autour, entêtante, mais je ne pensais pas vraiment à cela, j'avais pénétré dans l'odeur puis je contournais le buisson, et alors j'ai vu Éric assis par terre, il tenait entre ses doigts une allumette qu'il venait manifestement d'éteindre, à présent je pouvais sentir la fumée qui se mêlait à l'autre odeur et j'ai vu la boîte d'allumettes posée près de lui sur l'herbe, alors je me suis penché et tranquillement j'ai pris les allumettes brûlées et la boîte d'allumettes et je lui ai dit *debout fais ça vite* et ma main m'a à ce moment échappé et tout de suite j'ai vu quatre marques blêmes sur son bras gauche j'avais encore dans les doigts la chaleur de ce coup qui ne correspondait à rien et que je n'arrivais pas à m'expliquer, sauf par une sorte de réaction à la peur rétrospective que j'avais brusquement éprouvée en le

voyant là en train de jouer avec des allumettes au risque de se flamber tout vif... mais en même temps — ou
il me semble que c'était en même temps et que tout se
superposait et que la durée, à partir de ce moment,
s'était télescopée, contractée jusqu'à n'exister plus que
dans son épaisseur —, comme je comprenais que je
venais de frapper Éric et qu'au fond ce n'était pas
tragique mais plutôt absurde et gênant, il s'était enfui
sans un mot et sans un cri vers le fond du terrain où
coulait la rivière et il a disparu derrière la remise de
planches grises... Un instant, j'ai eu envie de courir pour
le rattraper, lui expliquer et tout et tout, comme font
ou devraient faire les parents parfaits ou du moins ceux
qu'on nous montre enrubannés de rose à la télévision...
Mais je restais là, vaguement honteux, me demandant
soudain à quel point la scène avait été observée par
le groupe — mais non, ça continuait de jacasser, ils
n'avaient rien vu, de ce côté-là j'étais tranquille et de
toute façon ça n'aurait rien changé on me disait déjà
assez monstrueux dans la famille pour que l'incident n'y
ajoute pas grand-chose. Il ne me restait plus qu'à aller
ranger les allumettes dans la maison (grosse plotte de
Philomène qui laisse traîner les allumettes comme ça à
la portée des enfants je me demande si sous son matelas il y a encore une bouteille de), puis à retourner
m'asseoir à l'ombre, en espérant que l'après-midi allait
finir par passer et que cette petite fête hallucinante
allait prendre fin... Restait encore le truc mangeaille,
bien sûr, buffet froid, ruminer en plein air les
sandwiches et le gâteau d'anniversaire de chez *D'Artagnan*... On n'allait sûrement plus tarder à servir cela, et
alors ce serait terminé et on pourrait repartir chacun
chez soi, bonjour bonjour tu viendras nous voir... Quant
à Éric, je m'en occuperais plus tard... Il faudrait que je
lui parle. Des choses que je n'aimais pas beaucoup dans
son caractère mais c'est vrai qu'il était encore trop jeune
pour comprendre ces choses-là... Sans doute l'influence
débilitante de sa mère et de sa grand-mère... Plus tard,

je me disais, je repenserai à ça plus tard. Le soleil commençait à descendre à l'ouest plaquait déjà de drôles
de flammèches sur la rivière on aurait dit immobile
et seulement parcourue d'un frisson continu qui com-
portait en soi quelque chose de monstrueux, comme
une immense muqueuse stomacale déployée sous le
beau ciel tranquille, toute frémissante de ses faims
inavouables... Le soir ne venait pas encore mais il n'allait pas tarder à s'annoncer, on pouvait sentir que le
soleil se coucherait aujourd'hui dans tout son rouge :
c'était du beau temps.

II

Philomène (si tragiquement difforme et grosse à présent, laide et défraîchie comme un vieux chapeau oublié depuis des années au fond d'un grenier, poussiéreuse jusque dans son corps jamais aimé jamais caressé et par conséquent devenu vaguement asexué comme celui des religieuses), la tante Philomène est venue nous dire que la table était mise et qu'on pouvait entrer se servir. Tout de suite, bien sûr, cousins cousines ça s'est précipité, écume déjà aux commissures, borborygmes dans les poches à digérer rien qu'à imaginer le beau gâteau bleu et blanc de chez *D'Artagnan* et les sandwiches de fantaisie bricolés par l'inévitable Madame Boéchaut, curée tayaut tayaut il ne faut rien manquer — il y avait même du vin, avait dit Philomène —, vite vite mettre de tout dans une assiette de carton avant que les autres ne se servent et qu'il n'en reste plus assez pour... Mais les oncles et les tantes ne bougeaient pas encore. Question de réflexes, sans doute — car je savais bien que les muqueuses, ça n'avait rien à voir avec l'âge, gourmandise le seul plaisir qui nous reste quand il ne reste plus rien, il me semblait avoir lu ça quelque part mais ça n'avait plus d'importance car soudain je me suis rappelé Éric et dans ma tête j'ai dit où est-il passé je ne le vois pas alors je me suis levé et de nouveau je pensais

Éric mais où donc est passé Éric?... Car je ne l'apercevais nulle part et avec l'appétit que je lui connaissais
c'était assez déroutant... De toute façon, le prétexte
était bon pour m'arracher à l'oncle Jean-Louis qui me
donnait tous les détails de son opération, sutures et
drainages et tout et tout, comment qu'ils lui avaient
fait sauter son poumon pourri, hop magique! tu entres
à l'hôpital en râlant emphysémeux quasiment cancer,
puis tu ressors en râlant encore mais à moitié moins
parce qu'ils t'ont vidé la moitié de la poitrine, et voilà
le truc, et ça fera plus de place pour le cœur comme ils
ont dû lui dire, et d'ailleurs ça paraissait car il avait le
cœur gros l'oncle Jean-Louis l'ombre de lui-même qui
toute sa vie n'avait été rien de plus qu'un filet de fumée
voulant se faire croire homme, je le voyais maintenant
qui ressemblait à un ballon au bout d'une ficelle, tête
redevenue crâne de fœtus, les cheveux par mèches
plantés là-dessus et comme par dérision ne tombant
pas et ne grisonnant pas, agonique il me racontait l'opération, reprenant tout méticuleusement depuis le
début, mot à mot ce que j'avais entendu un peu plus
tôt alors qu'il racontait sa charcuterie à l'oncle Philippe,
exactement la même chose, comme s'il avait attaché
à sa petite narration une sorte de valeur sacramentelle,
comme un rite obscur, abraxa déguisé, formule théra-
peutique, de quoi conjurer le cancer qu'il ne pouvait
pas ne pas sentir grossir et mordre dans lui, le grand
rongement qui le poignait dans toutes ses doublures
et qui de métastases en métastases se nourrissait de
lui et par la poitrine l'emportait le suçait — et d'ailleurs,
comme je l'avais pressenti, il mourut quelques mois
après cette fête, qui allait être aussi la dernière du vieux
Tobie... Mais je pensais Éric

(comme depuis il n'avait plus cessé de penser
constamment Éric il voulait écrire autre chose mais il
n'avait tout à coup dans sa machine à écrire que le nom
de son spectre enfant qui depuis cet après-midi d'août

n'avait jamais cessé de le poursuivre et de le harceler et
constamment s'était attaché à ses moindres gestes
tandis que la vie continuait à rebours et qu'il ne pouvait
s'empêcher de penser à lui pour se souvenir de ce qu'il
avait été, ce fantôme qui avait traversé en courant son
existence et s'était évanoui, ce fantôme qui s'était dans
le terrible silence de sa mort tenu immobile et sage au
chevet de son lit et l'avait tenu éveillé des nuits durant
et s'était même glissé jusqu'entre lui et ses maîtresses
comme s'il avait fallu qu'il survive ici après la mort de
son corps et que dans l'existence même/de son père il se
perpétue et le vampirise avec toute l'obstination et tout
le manque de mesure des enfants même décédés)

et déjà je marchais vers la maison. J'allais aussi vite
que mes jambes et surtout la décence me le permet-
taient car dans le fond de moi je sentais quelque chose,
ou je sentais que cela allait se produire, imminence du
désastre qui n'est pas encore évident, c'était lointain
encore mais cela commençait à se réveiller, c'était une
sorte de vague phénomène précurseur, un peu comme
les rats et les coquerelles qui sortent des maisons avant
un tremblement de terre, un signe et rien de plus, une
brusque apparition dans mon ciel intérieur comme les
sanglantes comètes qui annonçaient la fin du monde,
mane thécel pharès c'était écrit pour qui pouvait voir, les
jeux étaient faits et les morceaux du destin étaient
pesés, le spectre du Brocken ou ce que vous voulez
comme messager lugubre était là, comme si un poing
avait frappé à une porte, quelque part, loin dans les
caves de moi, pour m'avertir que j'étais désigné et que
ça n'allait pas tarder à me tomber dessus...

Mais, dans la maison, il n'y avait personne : c'est-
à-dire que je me suis frayé un chemin dans la petite
cohue des estomacs, cousins à faces de gigolos, acné
par-ci par-là, cousines se donnant des airs délurés au
bras du petit ami qu'elles venaient exhiber comme s'il

avait été seulement montrable, je marchais parmi eux,
ils encombraient la cuisine, se massant autour de la
table surchargée (on voyait que Philomène et Madame
Boéchaut s'étaient donné un mal de chien pour
préparer cuisiner cela, toutes ces pâtisseries, toutes ces
pièces montées, ces prodigieuses pyramides de sandwiches que les affamés sans le moindre respect
saccageaient et Huns pillaient avec barbarie), bruits
d'ustensiles contre les plats, murmures et rires parce
qu'un cousin boute-en-train faisait le clown avec des
bouts de céleri dans les oreilles — puis je marchais dans
le corridor et j'entrais dans toutes les chambres, rien,
alors je revenais dans la cuisine, *personne qui a vu Éric?* et
sans attendre je bondissais dans l'escalier: mais en
arrivant à l'étage j'ai compris tout de suite qu'il n'était
pas là, que ce genre de silence ne pouvait contenir
personne et encore moins un enfant de huit ans, non il
ne pouvait pas être là, et en même temps par la fenêtre
de la chambre de Tobie je voyais la rivière qui miroitait
au bout du terrain et je pensais oh non c'est pas possible !...

Alors je suis sorti je ne m'apercevais même pas que
je bousculais les affamés de la cuisine puis je courais
dans le jardin on me regardait descendre fou l'allée de
gravier pour au plus vite atteindre le petit hangar où
pepére avait toujours remisé sa chaloupe et je courais
vite c'était comme si mes jambes avaient été une roue
sous moi car déjà je savais, puis j'ai contourné la remise
je m'attendais à le voir là, Éric, au bord de l'eau , en train
de jeter des cailloux en boudant — mais dans le secret
de mon âme je m'attendais également à autre chose... Il
n'était pas là (à ce moment j'ai commencé à sentir que je
l'avais toujours su), le hangar était ouvert et je ne
voyais pas la chaloupe non ce n'était pas possible qu'il
ait fait ça boudeur et inconscient qu'il soit parti sur l'eau
avec la chaloupe cette chaloupe même qui m'avait servi
vingt-cinq ans plus tôt pour jouer au pirate sur la

rivière non je refusais de le croire et de toute façon il n'était pas assez fort pour la sortir de la remise — il se sera caché dans quelque recoin de la maison j'ai trop vite regardé aussi...

Et comme je me retournais, j'ai vu arriver mon père, Philippe et mes frères, *qu'est-ce qu'y a qu'est-ce qui se passe?* subodorant quelque chose de pas normal ils rappliquaient, voulaient savoir pourquoi je me démenais comme une queue de veau d'un bout à l'autre du jardin, devinant bien sûr qu'il s'agissait d'Éric... Et je leur ai dit, les allumettes, la claque sur le bras, tout ça, la maison vide de lui, la chaloupe... Tout... Et Rémi s'est soudain tourné vers l'eau et il a marché vers la grève puis il est revenu vers nous avec une sorte d'incrédulité étonnée imprimée dans la face, disant atterré *comment ça la chaloupe Germain pis moi on l'a essayée avant que t'arrives pepère voulait pas qu'on la sorte il s'en était plus servi depuis des années mais on voulait aller sur la rivière c'est là qu'on a vu que le vieux avait raison on est revenus tout de suite c'te chaloupe-là est plus bonne à rien ça prend l'eau à mort j'espère que le p'tit a pas...* Mais je ne l'écoutais plus, je regardais la rivière, le loin de la rivière, en amont et en aval à m'arracher les yeux, essayant de distinguer quelque chose dans les reflets du soleil qui descendait, mais ne voyant rien à part un gros yacht blanc qui remontant le courant venait de contourner l'île aux Fesses... Mon père a dit *faut appeler la police,* mais Philippe a dit *mais non mais non on va prendre une chaloupe pis on va aller le chercher faut pas s'énarver il doit pas être bien loin...* Et Germain a dit *la chaloupe prenait l'eau c'est sûr mais pas assez je croirais pour la faire caler juste de quoi se mouiller les pieds...*

— *N'empêche qu'on aurait dû la remettre dans la hangar,* a dit Rémi.

Déjà on commençait à nous entourer, on flairait le drame et on voulait tout voir, mais moi je me répétais non ce n'est rien on va aller le chercher il ne faut

surtout pas s'énerver, mais je me rendais compte que
ma chemise était mouillée dans le dos — mais c'est vrai
qu'il faisait une chaleur exceptionnelle... Alors j'ai
marché vers la maison, vers les visages qui me regardaient, éparpillés à présent comme des taches beiges
dans le frétillement de soleil et d'ombre, un peu partout
figés sous le grand saule dont l'ombrage prenait des
teintes bleuâtres et où pepére avec son chapeau de paille
blanc et sa chemise bleu très pâle avait l'air peint directement sur le tronc énorme de son arbre, quelque chose
en deux dimensions, une couple de coups de pinceau
sur ce canevas frémissant et ça y était, et alors moi je
marchais dans cela, j'entrais dans l'ombre des petites
feuilles par myriades palpitant au-dessus de moi, puis
frôlant les vinaigriers et piquant direct sur la pergola
où un groupe de papoteux ne s'était aperçu de rien,
mangeant tranquillement leurs sandwiches et sirotant
de la bière dans des chopes couvertes de buée et de
gouttelettes, sous le balancement vert et rose des
gloires-du-matin qui s'accrochaient aux treillis blancs,
je marchais et eux ils me suivaient, je les sentais meute
sur mes talons, et à ce moment je courais presque et
alors j'ai vu Monsieur Boéchaut sous la pergola, grisâtre comme une verrue, face crapaude dans cet écrou-
lement de fleurs et de feuillages, de petites taches de
soleil zigzaguant sur sa calvitie, il faisait la conversa-
tion à l'oncle Jean-Louis, alors très vite je suis retourné
sur mes pas et je me suis planté devant lui et je lui ai
demandé s'il avait une chaloupe, et sa face me regardait
sans comprendre, en deux mots je lui ai dit qu'on
cherchait Éric et il a souri distrait et affable et il a dit
qu'il y avait Monsieur Drable le deuxième voisin
quelque part par là-bas qui avait bien une chaloupe avec
un petit hors-bord et qu'il l'avait vu s'en servir pas plus
tard que ce matin même mais il se demandait s'il
voudrait bien la prêter car le vieux Tobie s'était querellé
avec lui l'année dernière il disait (Tobie) que Monsieur
Drable passait devant son terrain avec son embarcation

pour écornifler et qu'il finirait par lui décharger son douze dans le cul alors on comprend que Monsieur Drable... Mais il s'est arrêté de parler parce que je l'avais soudain attrapé par son sale petit cou de serin et que je commençais à le lui serrer assez étroitement je lui criais ou du moins il me semblait que je m'entendais crier *laisse faire laisse faire conduis-nous chez ton monsieur chose au plus sacrant!* il tirait une langue longue comme ça l'inutile bavard j'ai des mains de fer quand je veux, et alors j'ai senti qu'on me poignait de tous côtés pour m'arracher ma proie, on m'agrippait féroce, on prenait une chance et on en profitait même un peu pour me taper dessus ah le chien sale qui serre le cou des bonnes gens! puis je marchais encore et j'entendais Madame Boéchaut qui pleurnicharde disait *on agit pas de même ç'a pas de bon sens il aurait pu le tuer*, et j'avais encore dans les mains une furieuse démangeaison de lui serrer à elle aussi sa petite glotte de caille mais elle marchait un peu devant Philippe et en fait on courait derrière elle qui nous menait chez Monsieur Drable ce n'était pas le moment de faire le difficile...

Puis il y a eu un conciliabule je ne sais plus (mais il se revoit assis dans la chaloupe à moteur, tout seul sur le banc du milieu, attendant que les palabres aient pris fin, se disant que si jamais le bonhomme Drable refusait —il l'avait aperçu l'espace d'un éclair, gros et moustachu jusqu'aux oreilles jouant les forces de la nature —, ou même s'il faisait seulement mine d'hésiter, il lui fendrait la face exactement en deux morceaux et prendrait la chaloupe quand même, puis il se dit — et cela le frappa comme une balle en plein front — que peut-être Éric était seulement allé faire un tour sur le boulevard Gouin, et il se leva et sortit de la chaloupe et c'est alors qu'il vit que tout le monde était rendu là, tous figés en masse piétinant la pelouse tendre de Monsieur Drable, et il cria comme malgré lui *il est peut-être parti sur le boulevard*, mais le petit ami d'une cousine s'avança et dit

qu'il était allé faire un tour au bord de l'eau vers la fin
de l'après-midi et qu'il avait vu une chaloupe qui
s'éloignait sur la rivière et qu'elle paraissait être partie
du terrain de Tobie et que s'il avait su il aurait... Mais
Alain n'écoutait plus, il retourna dans la chaloupe
entraînant le grand Philippe par le bras et criant *vite*
faites ça vite vous jaserez une autre fois...)

Alors Monsieur Drable a paru comprendre quelque
chose. Tout le monde s'était tu, c'est-à-dire qu'en
tendant l'oreille on aurait peut-être pu entendre un
vague bourdonnement qui se confondait avec celui du
vent dans les arbres, ça attendait sage comme au lever
du rideau, murmures, ne manquaient plus que les trois
coups traditionnels pour annoncer le premier et dernier
acte, bang! bang! bang! voyeurs morbides! Et popa
s'est assis à la proue il voulait nous guider, et sans se
retourner il a dit *dépêchez-vous*, il regardait le grand plan
vide de la rivière (le yacht blanc avait grossi il passait
près de l'autre rive) et sans trop savoir pourquoi, rien
qu'à entendre comme autrefois le son de sa voix, j'ai
compris que j'avais besoin qu'il prenne tout sur son dos,
moi et ma mortelle inquiétude et tout, et soudain je me
suis senti un peu soulagé. Philippe avait pris place sur le
banc juste devant moi, tandis que Monsieur Drable
énorme poilu moustachu en camisole suant s'installait à
l'arrière et lançait le moteur...

Puis, on était sur la rivière, pétaradant furieusement
en plein dans les petites langues de feu que le soleil
répandait sur l'eau qui bougeait monstrueuse, noire et
flamboyante, sans fond on aurait dit, comme du
plastique en fusion, ou comme un immense mobile
vivant sculpté dans du verre liquide, une entité glauque
et menaçante qui pouvait nous engloutir à chaque
instant nous avaler parmi toutes les ordures qu'elle
charriait... *Remontez donc vers le barrage*, a crié mon père.
Alors on est allés à contre-courant et le moteur hurlait

plus fort, l'eau faisait des flicflacs violents sous l'embarcation et j'ai brusquement songé que je ne savais pas nager ou du moins pas assez pour atteindre le bord si jamais — ah toute cette eau pourrie dans ma bouche maëlstrom boueux jusqu'au fond de mes poumons perdre lumière mais dans un grand éblouissement rouge entendre des cloches et des coups de marteaux sur des enclumes éclater tout entier dans cette mort d'eau...

Sur la rive, le terrain de pepére n'était plus qu'un étroit ruban qui venait tremper son bout dans l'eau sale. Le gazon de Monsieur Drable faisait un beau carré vert tendre comme de la laitue, je pouvais voir toute la parenté qui refluait multicolores insectes vers la maison de Tobie — qui était resté assis pauvre vieux tout seul la tête perdue tout faible sous son saule géant, je le voyais il n'était plus qu'une banale ombre blanche, il restait là et il ne se rendait probablement pas compte de ce qui était en train de se passer, continuant sans doute à téter sa bière dans la tranquillité comateuse de sa vieillesse — miséricorde de l'inconscience terminale... Puis le gros yacht blanc nous a rejoints et il nous dépassait tout doucement, sans effort rejetant l'eau de chaque côté, remontant comme en se jouant le courant où notre chaloupe avançait de peine et de misère, on pouvait entendre des rires il y avait un type assis au gouvernail il portait une casquette blanche il s'amusait à jouer au marin sur cette rivière, deux filles en maillot se penchaient sur la rambarde nous ont fait des signes de la main youhou! youhou! mais on n'avait pas le cœur à ça et on continuait vers le barrage, puis popa a crié *vous avez pas vu une chaloupe en remontant?* mais il y avait le rugissement forcené de notre moteur et le grondement de leur grosse mécanique et l'homme en casquette s'est penché on voyait bien qu'il n'avait pas compris, *une chaloupe*, a encore crié popa, *une chaloupe avec un enfant dedans*... Mais déjà le yacht blanc nous distançait

— il y avait à bord une atmosphère de fête presque insolente dans la circonstance, tandis que nous errions sur cette eau assassine à la recherche de mon enfant perdu —, le type haussait les épaules et se remettait à son gouvernail alors que les deux filles indifférentes, belles et fleurant probablement les parfums les plus chers et les plus subtils, restaient accoudées au bastingage mais ne nous regardaient plus elles nous présentaient à présent leurs profils insolents de filles riches et paraissaient admirer les diaprures que le soleil baissant faisait dans l'amont... *Maudit baveux !* a hurlé l'oncle Philippe et il a fait craquer ses grands doigts (mais ça ne voulait plus rien dire il était trop vieux maintenant il ne lui restait plus de force, rien que de la rage, rien que de la hargne pétant inoffensivement comme des balles blanches, pétards mouillés qui ne pouvaient désormais plus blesser personne). Et déjà le gros yacht en fête rapetissait. J'avais beau regarder de tous côtés, m'arracher les yeux à chercher quelque chose sur cette surface où pétillait la lumière, je ne voyais rien qui pût au moins ressembler à une chaloupe contenant — ou même ayant contenu —, un petit enfant. À présent, nous avions passé sous le pont Pie IX, nous laissions même derrière le yacht qui venait d'accoster du côté de Saint-Vincent, notre chaloupe nageant dans des écumes suspectes, écartant de la proue cette eau et toutes sortes d'algues gluantes, frayant pour ainsi dire son chemin vers rien du tout car maintenant on pouvait distinguer au loin la ligne sombre du barrage et le courant se faisait plus fort des remous risquaient à tout instant de nous faire virer de bord et même chavirer mais je ne voyais rien et popa a dit en secouant la tête *y a rien sacrifice je vois rien par là.* Et malgré l'aveuglement du soleil de six heures lâché fou dans l'eau, malgré l'évidence qu'Éric n'était pas là et qu'il n'y avait vraisemblablement jamais été — sans quoi les types qui pêchaient sur la rive auraient depuis belle lurette lâché leurs cannes leurs lignes leurs gréements pour aller à la rescousse s'il avait fallu que la chaloupe d'Éric ait eu le malheur juste là sous leurs yeux... *On va virer de bord tenez-vous bien*, a dit Monsieur Drable et en même temps il amorçait une courbe serrée, alors comme sans transition nous descendions la rivière, le barrage à présent derrière nous, mais tout s'était fait trop vite, de sorte que j'avais quasiment l'impression que c'était lui, le barrage, qui s'était déplacé, ou que nous l'avions magiques franchi d'un bond... Maintenant que nous ne luttions plus contre le courant, nous filions à belle vitesse. Là-bas, le soleil donnait de plein fouet contre les toits de la prison, éblouissements de fenêtres entre les peupliers de Lombardie et les érables qui entouraient le réservoir d'eau à côté de la prison de Saint-Vincent, et droit devant c'était l'eau déserte, une autre chaloupe à moteur, rien, le pont Pie IX qui grossissait, puis glissait derrière nous, illusion — dans mon impatience dans la douleur de mon cœur tout à l'envers — que nous défoncions littéralement le mur du son mais en même temps que nous n'avancions pas, *on aurait dû appeler la police*, a dit popa, et je pensais non mais non ce serait stupide ce serait fou de déranger la police pour ça on va faire rire de nous autres on va le voir dans quelques minutes dans quelques secondes il va être là dans la vieille chaloupe de pepére on va le retrouver quelque part de l'autre côté de l'île aux Fesses ah le p'tit maudit il va se faire parler — mon Dieu j'espère que... Mais je ne voulais pas penser à cela, je faisais comme si je ne sentais pas confusément que déjà le drame était tout entier joué au fond de moi et dans la réalité, dans ce segment de ma durée où je ne pourrais plus jamais repasser — c'était quelque chose qui bougeait dans les tréfonds de mon instinct d'homme ou de bête j'ai dit, des séquences révoltantes dont les personnages étaient flous, des voix ou des sons indistincts qui auraient aussi bien pu provenir d'au-delà de la mort, peut-être un genre d'intuition moi aussi, extravoyant tout, comme avaient dû le faire jusqu'à un certain point (mais sans

savoir ou comprendre que ça leur arrivait) Anne et la
vieille au cours de la journée...

Puis on repassait devant le terrain de pepére Tobie
et je voyais tout ce monde qui se tenait au bord de l'eau,
visages bien sûr tournés dans notre direction, ne rien
manquer du spectacle, jeux d'eau qu'on donnait en
première, nous quatre guignolesques dans notre chaloupe à moteur, poussifs sur la grosse eau noire qui
dégobillait tout plein de paillettes de feu, tous les quatre
crispés et les yeux exorbités à force, où est-il? où
est-il? (Seigneur Seigneur c'est-y pas lui dans les
quenouilles c'est-y pas son chandail qui bouge du côté
de Saint-Vincent es-tu noyé es-tu noyé?) mais à perte
de vue c'était l'eau nue comme le désespoir, rien que
l'eau qui ondule et les rives qui glissent de chaque côté
avec des maisons et des arbres et des poteaux et des
voitures la vie du monde n'allait pas s'arrêter pour si
peu! alors rien du tout je ne voyais rien, j'avais envie de
crier — et en fait je criais comme un fou absolu dans le
fond de moi je souffrais tout seul ouioui je savais depuis
longtemps lécher mes blessures et avaler mon pus et
faire le rictus brave bête bon chien quand leurs mains
venaient me caresser ah oui ça se pinçait à mort au
creux de ma poitrine... *On appelle-t-y la police?* a encore
demandé popa, et personne ne répondait, alors j'ai dit *on
va aller voir de l'autre côté de l'île et s'il est pas là...* Et pendant
ce temps le petit moteur continuait de hurler et nous
dévalions pour ainsi dire le courant, vertigineux il me
semblait, comme si la chaloupe s'était à toute force
retenue pour ne pas partir cul par-dessus tête, et en me
retournant je voyais encore sur le ruban vert acide du
terrain de Tobie la tache claire que faisait le vieux
immobile dans l'ombre qui tournait au violet, sans
doute à moitié assoupi parmi les parfums épais de la
terre, dans les odeurs puissantes qui commençaient à
monter de l'herbe et des plates-bandes d'alysses et des
rosiers nains que Philomène avait plantés le long de la

clôture. Puis j'ai vu la robe à ramages rouges de Madame Boéchaut qui courait dans l'herbe et remontait vers la maison, suivie de loin par son mari, je les reconnaissais même à cette distance je pouvais presque distinguer les visages je vous dis, Œil-de-lynx je l'étais, l'œil perçant aux aguets mais sur la rivière j'avais beau faire je ne voyais pas Éric.

. . . .

Il s'était pourtant juré de ne pas raconter toute l'histoire, pas le tout et le menu de cette lamentable tragédie, pas les détails, non, cela n'avait vraiment pas d'importance ou du moins il le croyait ; non, il voulait seulement écrire ce qu'il y avait eu, ce qui bougeait encore dans le dedans de lui : Alain debout au bord de la rivière sous le ciel qui saignait par toutes ses veines... le ciel se refermait sur la rivière comme un couvercle de cercueil, et peu à peu il fit noir, ténèbres il n'y avait même pas de lune, chiures d'étoiles, sur l'autre rive des poignées de lumière qui se réfléchissaient avec une sorte de luxe en se multipliant sur les plis d'eau frissonnante, mais lui il restait debout dans le noir, dans la nuit torride d'août, insensible aux moustiques qui venaient lui vriller les oreilles, debout et prenant racine comme le saule pleureur, solitaire même s'il sentait dans son dos la présence multiple, le profond halètement, l'odeur même de tout le grouillement familial — mais ils sont légion ! il aurait fallu hurler *vade retro !* toutes les incantations les impossibles abracadabras pour que cela s'évanouisse comme sort conjuré —, tous ceux-là qui étaient venus pour fêter le vieux Tobie mais qui subitement se trouvaient conviés en quelque sorte à un spectacle, qui avaient l'air d'attendre la même chose que lui mais qui l'attendaient différemment, comme séparés de lui par une cloison, un champ de force que rien à ce moment n'aurait pu traverser, de sorte que jamais il ne s'était senti aussi seul (*non popa*, il avait dit *non popa laisse-moi faire lâche-moi va-t'en avec les autres je veux être tout seul,*

puis il avait d'un revers de main repoussé le grand
Philippe puis se tournant brusquement vers les autres,
frères, cousins, cousines, machins, machines, les mononcles matantes et toute la sainte parenté, il avait crié
la paix vous autres foutez-moi le camp! et bien sûr instantanément ça avait reculé parce que le visage qu'il avait à
ce moment-là il s'en souvient ça ne devait être rien de
trop plaisant à regarder, et puis on savait vaguement
dans la famille toutes ces histoires d'arts martiaux, le
grand niaiseux samouraï, trucs japonais faut faire
attention, casse des trottoirs il paraît, le cri qui tue et
hop ça branle dans les bambous, fou il va finir par tuer
quelqu'un!) et dans la plus profonde des solitudes, avec
ce petit troupeau massé derrière lui, il attendait, tandis
que les lampes électriques de la police sautillaient
comme des lucioles sur l'eau se réfléchissant tremble-
ments clairs dans la profusion des facettes de l'eau qui
frémissait dans son ignoble digestion: il voulait taire au
moins cela, les détails trop intimes, trop organiques, de
sa douleur, mais comment faire à présent pour
endiguer le trop-plein de souvenirs qui lui déferlait
dans le cœur, il fallait bien qu'il laisse sortir ça un jour
ou l'autre, de sorte que son travail d'écriture s'était
jusqu'à un certain point rendu maître de lui et
l'entraînait dans les coulisses où étaient depuis cette
soirée remisés tous les décors et les accessoires du
drame, quelque chose en lui les avait entassés là en
attendant qu'ils puissent servir, et voilà que malgré lui
ce moment était venu, et maintenant, pressé par la
fatalité intérieure qui lui dictait impérieusement le
roman qui s'écrivait, il ne pouvait plus s'empêcher de
dire comment cela était arrivé, comment dans l'embarcation de Monsieur Drable ils avaient joué le jeu
jusqu'au bout, jusqu'à la nausée, comme s'ils avaient
encore conservé quelque espoir, comment avant de
rentrer pour appeler la police ils l'avaient fiévreu-
sement cherché sur la rivière, se faufilant pour ainsi
dire sur le dos de la rivière comme des puces sur un

chien, comme attentifs à ne pas la réveiller, à ne pas
provoquer la colère de cette déesse mangeuse, contournant l'île aux Fesses par le sud puis n'apercevant
rien dans les courants de l'aval et remontant par le côté
nord, mais ils n'avaient rien vu et il avait su que cette
fois c'était vraiment arrivé, que l'impensable fondait sur
lui comme un accès de folie, mais ne le croyant pas
encore pour vrai, c'est-à-dire que sa tête seule se
rendait à l'évidence que l'enfant Éric était disparu et que
s'il était quelque part c'était indiscutablement dans le
noir de cette eau, sa tête seule le savait et le croyait,
comme si elle avait été détachée de son corps et avait
continué d'opérer hors-circuit, pour son propre compte,
sans que le reste, tout ce qui s'appelait Alain et qui avait
conscience de l'être, sans que tout ce qui en lui avait le
pouvoir de souffrir et de s'émouvoir authentiquement
soit pour l'instant concerné — car son cœur continuait
de battre à peu près comme il avait toujours battu, et il
sentait à peine un léger serrement aux tempes, et
pourtant il pouvait sentir aussi, comme accessoirement,
un gros poids, une pression douloureuse qui pulsait
sourdement derrière sa face et qui avant longtemps
allait ressembler à un énorme sanglot.

III

Et maintenant il était très tard, c'était une heure totalement impossible et je me retrouvais comme sans transition derrière le volant de ma voiture. C'est-à-dire que rien ne m'avait vraiment échappé et que j'aurais pu, à la rigueur, retracer chaque détail de ce qui s'était passé entre le moment où nous rentrions avec la chaloupe à moteur et celui où je fonçais comme une bête blessée dans les croches ténébreux du boulevard Gouin, oui j'aurais pu m'en souvenir mais ma tête ne fonctionnait pas à plein ne donnait pas toute sa mesure c'est bien compréhensible, alors j'emportais tout cela avec moi comme un gros sac de déchets que je devrais tôt ou tard déballer pour y jeter un coup d'œil, ah cette pourriture ! et j'avais l'impression très nette que ma machine à mémoire cafouillait et, par mesure de prudence, passait du même coup la gomme à effacer sur toutes les douleurs et les péripéties banales de ma vie, comme pour éviter de surcharger mes fusibles, comme si les divers éléments formant la continuité de la douleur se tenaient organiquement, comme si, à partir de mon origine même jusqu'à cette mort par excellence absurde rien n'avait été le fait du hasard et que tout se fût toujours déroulé comme un enchaînement de cause à effet — de sorte que j'allais être contraint de me

considérer moi-même comme la conséquence et le
dernier chaînon de toutes les hérédités qui à travers le
temps avaient constitué mon sang — ma réalité intérieure et extérieure, la charpente même de ce que j'étais
devenu...

Mais à ce moment je ne pensais pas à cela. Je roulais
et curieusement je me sentais presque serein (*faudrait
pas que vous preniez votre char*, disait le policier, mais je l'ai
regardé pour dire que rien au monde et même dans les
puissances de l'incontrôlable rien n'aurait pu à cet
instant m'empêcher de monter dans ma voiture pour
accumuler de la distance, sinon du temps, entre moi et
ce cauchemar éveillé, alors un homme est apparu il lui a
dit quelque chose et le policier s'est immédiatement
éloigné et l'homme a dit *excusez-nous mais êtes-vous bien sûr
que vous pouvez?* et lui aussi je l'ai regardé avec la même
face et il a détourné les yeux, je voulais échapper au
plus vite à tous ces visages tournés vers moi les mains
compatissantes les larmoiements obscènes des matantes tout cela mes frères mon père tout je voulais
oublier tout et laisser au plus sacrant ce chagrin
invraisemblable cette douleur de tison ardent se con-
sumer entièrement en moi, mais pour cela il me fallait la
solitude ou du moins l'absence de cette cohorte
d'imbéciles, alors j'ai marché dans le jardin mes pieds
faisaient le bruit comme autrefois quand j'étais enfant
sur les graviers de l'allée, dans le jardin on avait depuis
un certain temps installé un petit projecteur sous le
grand saule, ça éclairait le feuillage par-dessous, et dans
la clarté diffuse qui se répandait tout autour je pouvais
voir le vieux Tobie toujours assis à la même place et qui
semblait n'avoir jamais bougé de là depuis des générations et je marchais vers lui je laissais tout ce monde
derrière moi c'est-à-dire près de la maison, et Tobie
n'avait plus de bière, il ne buvait pas, il fumait un petit
cigare, Philomène lui avait fait mettre sa veste de laine
rouge et blanche, à présent j'étais debout devant lui je

ne savais pas quoi lui dire j'avais comme une gêne de ce
qui s'était passé, comme s'il s'était agi avant tout d'une
grossièreté ou d'une faute de tact impardonnable, et il
avait le visage levé vers moi et il souriait doucement
cela creusait tout plein de petits plis rusés dans sa vieille
face de pepére et il a dit *c'est pas drôle hein c'est donc pas drôle*
et soudain j'aurais voulu me jeter à genoux et mettre sa
main sur ma tête comme pour recevoir une sorte de
sacrement secret ou pour une auguste bénédiction de
patriarche qui aurait neutralisé les forces abjectes qui
venaient me terrasser par-dessus le mur des âges, mais
je restais debout, apparemment flegmatique et glacé,
tout gauche, et je crois que moi aussi j'ai souri, du
même sourire que lui, et je lui disais qu'il fallait que je
m'en aille parce qu'il y avait là-bas quelque part dans
Montréal cette pauvre Anne qui se morfondait et se
rongeait les sangs, et lui le Tobie hochait sa vieille tête
toute déplumée et il disait *le p'tit où c'est qu'est le p'tit ?* alors
je ne pouvais plus rien dire et malgré moi j'ai levé les
yeux et j'ai regardé la rivière, c'est-à-dire que je
regardais dans les ténèbres puisque l'eau avait disparu
avalée par la nuit, il n'y avait plus que les lumières de
Saint-Vincent et une vague rumeur d'eau qui halète
monstrueusement, et quand j'ai regardé pepére de
nouveau j'ai vu que lui aussi regardait par là-bas et un
bon moment nous sommes restés comme ça, sans rien
dire et communiant peut-être dans nos têtes et dans
nos cœurs en une même compréhension de cette réalité
qui semblait bien faite pour échapper à toute définition,
puis il m'a encore regardé et cette fois il avait ses yeux
d'autrefois, les yeux du Tobie qui me disait de laisser la
chaloupe dans la remise parce que la rivière était
mauvaise et qu'elle avalait les p'tits gars, et il a
lentement bougé son bras et il a pris ma main sa peau
était tout usée et douce comme du papier, alors
toujours en me regardant en pleine face il a dit *c'est pour*
le coup que vous allez me faire mourir, puis il a lâché ma main
et il s'est un peu détourné, il pompait pensivement son

cigare, il ne paraissait plus avoir conscience de ma présence, alors je me suis penché et j'ai embrassé son front, puis j'ai fait volte-face et de nouveau j'ai traversé les visages, je ne regardais personne je ne voulais plus que monter dans ma voiture et m'en aller, rien ne pouvait plus me retenir, toutes les formalités avaient été remplies j'avais même signé le constat officiel qu'un agent me tendait et où je reconnaissais que), non il ne fallait pas que je pense à tout cela. Pas de cette façon, pas tout de suite. Mes mains étaient crispées sur le volant et j'étais en sueur des pieds à la tête...

Mais je me sentais presque calme je disais. Tout en moi était révulsé, tout se nouait — j'aurais des courbatures pendant des jours, comme si on m'avait roué de coups —, mais je baignais pour le moment dans une espèce d'euphorie, ou du moins le fait de rouler bolide dans le noir endormait-il un peu de mon mal... Une pensée surnageait, je voulais en finir au plus vite, m'acquitter de la tâche odieuse entre toutes d'annoncer la nouvelle à Anne, jouer les messagers sinistres... J'avais déclaré à la police que je me chargerais de cela, je ne voulais pas qu'elle apprenne la mort d'Éric par un autre que moi parce que je la connaissais bien, je savais comment lui parler, comment la rejoindre au fond de sa maladie, ah cette pauvre Anne! elle qui déjà devait se tordre les mains, tout électrique dans les affreuses décharges de ses nerfs malades, échevelée et blême, se promenant dans la maison et jouant avec les interrupteurs, allumant et éteignant, voulant téléphoner à tout le monde mais incapable de prononcer le moindre mot, sentant par moments qu'elle allait s'évanouir des chaleurs lui montant dans les joues et des gouttes lui coulant dans le dos, et elle avait sans doute jeté son peignoir sur un fauteuil ou sur le lit, éperdue elle errait en chemise de nuit tandis que la vieille, assise dans son lit, faisait son jeu de patience, maison remplie d'une

fumée bleue de cigarettes, Anne pensant dans sa
frénésie je devrais appeler chez son grand-père je
devrais-t-y pas appeler la police il leur est arrivé
quelque chose ils ont eu un accident il est une heure du
matin, puis elle se rassurait et se disait que la fête avait
dû se poursuivre bien après le souper mais oui faut-y
être folle ils vont arriver d'une minute à l'autre l'auto va
se stationner comme d'habitude devant le perron oui
comme d'habitude il va me l'amener par la main et je
vais l'embrasser et le coucher, et elle restait dans le
salon, elle avait éteint la lampe pour mieux voir dehors,
debout devant la fenêtre, respirant la douce nuit d'août
qui entrait à flots par la fenêtre, mais elle fumait à
pleins poumons son nez ne sentait pas grand-chose, elle
attendait (comme plus tard elle continuerait à attendre
ce qui ne pourrait plus jamais se produire, comme elle
répéterait les gestes d'autrefois dans le déchirant espoir
de voir ressusciter les heures anciennes et le bonheur
qui lui était ravi pour toujours, complètement démolie
dans ses nerfs et s'accrochant nuit et jour à cette
maudite fenêtre d'où ni la douceur ni la persuasion ne
purent l'arracher jusqu'au jour où ils sont venus sont
entrés doucement dans la maison elle les regardait en
tenant ferme la draperie alors ils ont dit *venez avec nous*
madame mais ils n'ont pas approché tout de suite parce
qu'ils savaient qu'elle devenait furieuse griffes et dents
quand on tentait de l'arracher de sa fenêtre mais cela se
fit quand même et la vieille pleurait dans le corridor
tandis qu'ils couchaient Anne sur la civière et lui
faisaient une injection dans sa fesse tout amaigrie puis
elle se retourna se détendit d'un coup sur le dos et
soupira elle dormait, sa face paraissait plus vieille que
celle de sa mère agonisante, sa pauvre face qui allait de
toute façon de moins en moins ressembler à celle que
j'avais aimée et caressée autrefois, yeux enfoncés dans
des poches de plomb, les joues mangées et le menton
saillant comme une proue de bateau, cela à force de
jeûne et de veille, emportée par les courts-circuits qui

s'étaient produits en elle et qu'il faudrait mettre des années à réparer, à supposer que cela fût réparable)...

Je savais pourtant que je ne pourrais lui transmettre que l'abstrait de ce qui venait d'arriver. Je n'aurais pour elle que des mots, je serais de nouveau impuissant à lui faire comprendre ce que j'avais en moi — comme cette nuit déjà si lointaine où à moitié fou je l'avais reconduite moi-même oui moi-même chez sa mère comme pour consommer entièrement l'abandon où elle me laissait —, incapable de tout dire et encore moins de faire quoi que ce fût avec des mots, de pauvres mots qui seraient bien faibles et parfaitement inaptes à lui faire voir ce que j'avais vu, à lui faire sentir intégralement ce que j'avais senti... Et au fond ça valait mieux : elle n'aurait pour alimenter son mal que des souvenirs d'enfant vivant avec des cheveux blonds et des joues roses, des images qui toutefois n'allaient pas tarder à prendre des colorations équivoques d'images pieuses d'autrefois, Éric s'installerait peu à peu dans la tête malade d'Anne avec des couleurs flamboyantes de Sacré-Cœur, des roseurs de Ti-Jésus ou des pastels irisés de sainte Thérèse de Lisieux, il ne lui en resterait que cela, car les photos mêmes qu'elle regardait tous les jours et qu'elle tripoterait sans cesse jusqu'à ce qu'elles tombent en lambeaux, jusqu'à ce qu'à la fin quelqu'un vienne et les lui enlève — comme on lui avait ôté les jouets et les vêtements de l'enfant défunt qu'elle avait fourrés sous ses couvertures —, les photos ne constitueraient pour elle qu'un moyen très imparfait de se souvenir, un peu comme un portrait-robot, un truc mnémotechnique, approximation tout au plus, l'image imprimée sur le papier ne représentant pas grand-chose, juste un à-peu-près à partir de quoi reconstituer dans sa tête le visage transfiguré de son Éric... Et quand à la fin il faudrait bien que je lui dise presque exactement *Éric est mort Anne il s'est noyé*, cela n'évoquerait pas quoi que ce soit de tangible en elle, je le savais, ce serait autre chose qui l'ébranlerait, sa souffrance la poignerait à un autre niveau car dans son état elle avait bien sûr une perception assez particulière des choses... Mais d'abord, il y aurait le coup de fouet de la révélation, évidemment, puis il lui faudrait apprendre à vivre avec cette certitude subite et consternante que tout était fini et qu'elle ne le reverrait plus. Au moins, elle n'avait pas eu accès à la chose concrète que constituait la mort de son enfant (le corps, elle ne put s'en approcher que très brièvement au salon funéraire d'où ils l'ont emportée évanouie, car dans le petit cercueil elle avait entrevu...). Cela, les imbécillités à la sauce de croque-morts, l'exposition impudique du petit corps dans le cercueil, cela j'en avais chassé à tout jamais l'image de ma mémoire. De toute façon, après un premier coup d'œil sur le visage exsangue d'Éric dans le satin piqué, je m'étais tenu loin du cercueil — cela, je n'avais pas besoin de m'en souvenir, ce n'était même pas douloureux : c'était seulement grotesque et inutile. Car je conservais et conserve toujours, comme dessinée au sabre en travers de ma chair, l'image de l'enfant qu'ils avaient sorti de l'eau : à deux ils le portaient, lentement, péniblement comme s'il était soudain devenu très lourd — lui qui montait sur mes épaules et dont les deux pieds tenaient dans une seule de mes mains ! —, avec mille précautions comme s'il se fût agi d'un paquet particulièrement fragile, porcelaine chinoise ou très vieux ossements, puis un des deux plongeurs l'a pris dans ses bras, il le tenait contre sa poitrine comme un enfant endormi, il marchait dans l'herbe haute et le petit corps tout abandonné ballottait bras et jambes livides contre la combinaison de caoutchouc noir, et il l'a déposé sur l'herbe tandis que son collègue demandait la civière, cela se passait juste à l'extérieur de la bulle de lumière que le projecteur de jardin faisait sous le saule où Tobie fumait son cigare comme si de rien n'était. Je me tenais loin, j'avais reculé quasiment jusqu'à la pergola, je ne voulais pas voir, mais de loin et du coin de l'œil j'avais eu le temps de distinguer en un éclair le tissu blanc et rouge et les longues mèches de cheveux qui dégoulinaient tandis qu'ils le... Puis je ne sais pas j'étais debout près de la pergola et je voyais là-bas le vieux Tobie oublié sous le saule tout seul momie qu'on sortait tous les ans pour la dépoussiérer puis qu'on allait sans doute après le départ de tout le monde ranger jusqu'à l'an prochain dans sa vitrine de musée, c'est-à-dire que je le voyais sans le voir tandis qu'un homme trapu en complet marron se tenait devant moi et essayait de capter mon regard dans le sien mais c'était peine perdue car ce ne fut que plus tard que je compris qu'il avait été là — absurde et burlesque en plein dans la touffeur de cette nuit d'été avec cet inconfortable et anachronique complet brun et cette cravate qui miroitait dans la lumière incertaine — et qu'il m'avait parlé disant qu'ils l'avaient recherché que ses hommes avaient bien fait leur travail et s'étaient montrés à la hauteur de la situation, *vous avez bien vu tous les efforts que nos plongeurs ont faits*, disait-il d'un air navré, comme s'il cherchait tacitement à s'excuser de n'avoir que cela à m'offrir comme condoléances, mais c'était vrai qu'ils avaient bien travaillé, ils avaient remonté avec leur puissante embarcation jusqu'au barrage puis fait le tour de l'île aux Fesses, leur canot était muni d'un fort projecteur le pinceau jaunâtre fouillait tous les recoins d'eau et d'ombre brune surprenait en pleines ténèbres des secrets inavouables — il aurait fallu qu'ils aillent éclairer les empoignades les bassins éperdus qui se secouaient sous les buissons de l'île —, mais ils ne trouvaient rien et ils allaient rentrer pour reprendre les recherches le lendemain à la lumière du jour, quand ils ont remarqué une sorte de grosse roche qui affleurait près de la rive de l'île parmi les roseaux et en s'approchant ils pouvaient distinguer quelque chose de rougeâtre qui ondulait sous la surface et qui bougeait en somme plutôt hideusement dans le grand remous qu'il y avait là, ils avaient découvert cela juste en aval du petit pont

en ciment à moitié démoli qui mène du boulevard Gouin
à l'île aux Fesses, alors ils étaient tout près, ils avan-
çaient doucement après avoir coupé le moteur, ils
voyaient bien maintenant qu'ils n'avaient plus besoin
de se presser de poursuivre leurs recherches et qu'ils
pourraient se reposer le lendemain passer un bon dimanche bien tranquille dans leur famille avec leur
femme et leurs enfants tellement vivants turbulents
qu'ils auraient peut-être envie vers la fin de la journée
d'aller les noyer dans ce même trou mangeur d'enfants
pour avoir la paix, ils pourraient passer un dimanche
tranquille car leur travail était accompli, ou presque
car il restait le pire, c'est-à-dire la tâche rebutante de
le prendre dans l'eau pour l'emporter, et l'homme au
complet marron a dit qu'il avait le pied pris dans un
câble de fer rouillé qui était là au fond spiralé serpen-
teux comme un piège à enfants il s'y était accroché
quand la chaloupe avait viré à l'envers dans le remous
s'était remplie d'eau par les gros trous qu'elle avait dans
son bois mais pourquoi s'est-il levé debout ? et à présent elle était là, dans la lumière crue du projecteur,
la chaloupe blanchâtre, un peu grotesque avec plus rien
d'une chaloupe ayant chaloupé, le ventre en l'air comme
un poisson crevé, et il a fallu qu'un plongeur aille dans
cette eau pourrissante qui puait le diable et qu'il dégage
l'enfant mort tandis que la lumière un peu irréelle du
projecteur s'étalait et dansait sur l'eau, et cela se passait
sous les regards de la petite foule qui s'était évidemment amassée sur le pont, attirée par la lumière qui
bougeait sur la rivière et se penchant sur cette lumière
comme des phalènes et se pressant pour regarder ce
que l'homme allait sortir de l'eau car tous pouvaient
voir que ça avait forme humaine là-dessous, certains re-
connaissaient même des cheveux qui flottaient comme
une couronne autour de quelque chose qui devait bien
être une tête, comme méduse grouillant au gré du courant mauvais, et sans vraiment forcer il l'a dépris du
fond et il a appelé son compagnon et à deux ils l'ont

hissé dans l'embarcation, les morts sont toujours trop lourds, et l'homme en complet marron m'a dit *il y avait pas plus de cinq pieds d'eau vous savez c'est traître par là*, et à ce moment tout le monde pouvait satisfaire sa curiosité, le boire le dévorer par leurs yeux tandis qu'ils manipulaient son pauvre corps désarticulé pantin et comme de raison des momans tenaient leur marmaille par le bras *moman tu me fais mal!* et désespérées par projection, sévissant déjà pour quelque noyade appréhendée, elles allaient presque jusqu'à les claquer *quand je vous disais que c'était dangereux de jouer sur le p'tit pont!* et les enfants se frottaient les yeux parce qu'il était plus de dix heures et qu'ils avaient sommeil, et pourtant ils en avaient plein la vue vous pensez! puis ils ont mis une couverture dessus, il n'y avait plus rien à voir ce n'était plus qu'une bosse une toute petite forme sous la bâche, et l'embarcation s'est éloignée vers l'ouest dans le rugissement du moteur emballé, remontant la rivière mais pas longtemps car chez Tobie ce n'était pas bien loin, le terrain était éclairé il était aisément reconnaissable dans la nuit avec son gaule géant illuminé par-dessous — et les grands cheveux de l'arbre se balançaient dans le vent, peut-être comme ceux de l'enfant dans l'eau —, et l'homme a dit qu'il fallait que je l'identifie, on sait bien, la loi, paperasseries et bureaucratie, consigner la souffrance par écrit dans les formes appropriées, pas question de sentiments ce sont des formalités, je voulais dire qu'il n'y avait quand même pas des dizaines d'enfants en chandail blanc et rouge qui s'étaient noyés le même jour dans une sorte de désespoir collectif de lemmings — tous les enfants du quartier et même de l'île de Montréal comprenant cet après-midi-là par une sorte d'instinct secret la belle saloperie que les adultes leur préparaient pour plus tard et extralucides prenant une conscience absolue du caca où ce monde démentiel allait de gré ou de force les enfoncer alors ils auraient comme lemmings marché multitudes dans les rues et se seraient agglutinés sur les chemins et leur flot grossissant sans cesse recevant les affluents et débordant sur les trottoirs partout aux croisements interrompant la circulation comme houle toute-puissante et silencieuse un raz-de-marée de visages blancs et purs tous les enfants de l'île marchant résolument vers l'eau sale pour en finir collectivement avec le temps du Désespoir...

En fait, je savais bien que je n'avais pensé rien de cela au moment même où l'homme était en train de m'expliquer que j'avais l'obligation d'identifier mon fils noyé. J'aurais préféré que popa le fasse à ma place ou que personne n'ait besoin de le faire mais je ne disais rien, je sentais bien qu'il n'y avait pas moyen d'échapper à cela, non plus qu'à ce qui allait sans doute s'y ajouter par un effet d'entraînement... Alors je me suis approché de la civière et un employé s'est penché il a levé un coin de la toile noire et j'ai vu son visage il paraissait dormir comme lorsqu'il dormait avec ses belles joues pleines de sang, mais à présent sa face était couleur de cierge et ses paupières étaient bleutées, il avait les lèvres violacées, ses cheveux lui collaient par mèches sur le front et il avait des saletés des boues immondes des algues innommables dans la tête je me suis détourné en faisant signe que oui et c'est à ce moment qu'il a fallu que je m'en aille car ils m'entouraient ils me suçaient toute ma douleur ils me tiraient hors de moi-même... Alors je me suis rué vers ma voiture. Avec l'espèce d'exaspération du taureau secouant ses banderilles je fonçais je n'aurais pas toléré que quelqu'un, policier ou autre, me barre le chemin... Mais ils m'avaient laissé tranquille. Ils étaient en train de charger le petit corps dans le fourgon stationné de travers dans l'entrée devant la maison...

Et voilà qu'à présent je roulais comme un insensé, quatre-vingts milles à l'heure — et pourquoi pas

quatre-vingt-onze en l'honneur de pepére? pensais-je
— dans le noir épais la nuit bouillonnante du boulevard
Gouin. Tout le décor bien sûr me dévalait raide de
chaque côté de la tête, angle de vision de cent quatre-
vingts degrés vous savez on m'avait toujours dit que
j'avais les yeux écartés, et ça filait terrible, un instant
surgi devant, irréel et blanchâtre, spectral dans la
lumière des phares, puis passant comme coups de canon
le long de l'auto se dévidant fulgurance vers l'arrière
sortant de mon champ de vision comme si je m'étais
déplacé dans une sphère de lumière au sein d'interminables ténèbres, lumières et maisons aussi ça filait, je
fonçais fou j'ai dit, bolide et aérolithe dans la nuit,
tombant comme un caillou cosmique dans la distance,
presque pas croyable la vitesse furibonde avec laquelle
j'avalais toutes les courbes du Gouin méandreux
pourvoyeur de ferraille et de croque-morts, fonçant
défonçant dans une sorte d'allégresse éperdue la
paisible nuit d'août qui me soufflait à la figure,
maîtrisant comme pour me jouer, ou par défi, cette
hargne absolue des bielles, des cylindres et des sou-
papes quatre temps pétarades surcompression la violence mécanique brutalement débridée pour tout tam-
ponner écrabouiller...

Puis il y eut toutes ces rues. J'avais viré sud et je
piquais direct sur Montréal, un peu comme le matin
même je roulais à l'extrême autre bout de l'île pour aller
jouer mon rôle dans cette partie de massacre — la
boucle allait se boucler. Feux rouges feux verts, arrêts
et départs, j'avais ralenti l'allure je n'avais pas le choix.
De toute façon, j'arrivais ; dans peu de temps, j'allais me
trouver face à face avec Anne et alors il faudrait
parler... Mais cela était aussi impensable que l'idée
même de la mort d'Éric. Dire mais comment dire quand
il faut dire l'enfant est mort ! Et déjà je rangeais la
voiture le long du trottoir dans l'avenue endormie.
Moteur coupé, le silence, la vague rumeur nocturne de

la ville, ce bruissement sourd qui semble tomber du ciel lui-même... Et je marchais sur le trottoir, puis je montais les deux marches et j'étais sur le perron de bois. Dans la maison, tout avait l'air allumé. J'avais eu le temps de voir une forme blanche — sans doute Anne — à la fenêtre du salon, j'avais vu retomber le coin du rideau, mais elle ne venait pas ouvrir en panique comme je le prévoyais, dans sa tête étrange elle avait dû décider qu'elle attendrait que je sonne, elle devait pourtant avoir vu que je ne ramenais pas Éric où est-ce qu'il a mis Éric il veut m'enlever Éric c'est un coup monté par cette famille de fous je veux le voir *où est-ce qu'il est?* dit-elle en ouvrant brusquement la porte — et je compris alors qu'elle s'était depuis le début tenue cachée derrière cette porte, la joue plaquée contre le bois du montant, la poignée dans sa main moite, m'entendant presque respirer de l'autre côté, tandis que la vieille m'épiait par la fenêtre où j'avais cru voir Anne parce que je savais qu'elle s'y tenait d'habitude. J'étais là devant elle, tout poigné dans mon silence, la gorge sèche, le gros sanglot encore comprimé derrière ma face et forçant pour trouver une issue, et Anne était immobile dans l'embrasure, elle ne me disait pas *entre*, elle ne disait rien, elle restait dans le contre-jour, silhouettée sur l'éclairage jaune du corridor, me regardant probablement intensément pour déchiffrer sur mon visage les signes du destin, hiéroglyphes que dans le dérèglement de ses nerfs elle était seule à comprendre, je ne pouvais voir sa face mais elle pouvait voir la mienne, et comme ça nous sommes restés une sorte de miette d'éternité debout l'un devant l'autre comme des émissaires, comme des pétrifications de notre double échec, et j'ai voulu dire quelque chose et j'ai fait un geste comme pour qu'elle s'écarte et que je puisse entrer, qu'on parle, que je le dise pour mettre fin à cette situation absurde, mais quand elle a vu que je bougeais elle a reculé et ses mains étaient sur sa tête échevelée et à présent je la voyais dans un drôle d'éclairage qui lui faisait comme une

auréole de bronze et elle reculait encore et alors j'ai pris
le temps de refermer la porte c'est-à-dire que mes
mains m'obéissaient, et je marchais dans le corridor où
elle continuait de reculer, pas à pas, très lentement,
gestes hiératiques on aurait dit, comme une comé-
dienne du cinéma muet, mains toujours pressées sur sa
tête et sur ses oreilles comme pour ne pas entendre la
révélation que je n'avais même pas entamée et dont elle
ne pouvait normalement rien savoir sauf par le biais de
l'intuition, et c'est à ce moment que la vieille est sortie
du salon, car elle aussi avait fini par tout comprendre,
mère et fille il y avait eu osmose, capotante et capotée
ça parlait le même langage dans leurs têtes ça n'avait
pas besoin de passer par les mots, de sorte que la vieille
malade devinait du moins que c'était très grave, et sans
me regarder elle a marché en chancelant vers sa fille et
elle l'a serrée dans ses bras. Et brusquement Anne a
paru se réveiller et elle a murmuré *non... non...* et d'un
geste brutal poussant des deux mains elle a projeté sa
mère contre le mur, la petite vieille s'étampant sur le
mur glissant à terre toute gondolante, mais je n'osais
pas aller la relever car Anne les yeux flamboyants me
regardait comme pour m'arracher la peau de la face —
elle avait des ongles tout à fait formidables des ongles
qui n'avaient pas été coupés sans doute depuis des mois
et des mois cela faisait partie de sa maladie je sais bien
—, alors j'ai pris une grande respiration et j'ai dit, d'une
toute petite voix, *Anne viens t'asseoir dans le salon*, mais elle
ne bougeait toujours pas, elle faisait non de la tête
comme une petite fille — à présent il n'y avait plus cette
haine démente sur sa face —, et j'ai dit encore *viens avec
moi il faut que je te parle* en pensant il vaudrait probablement mieux ne rien lui dire du tout parce que d'ici un
petit moment les derniers ressorts qui lui restent vont
lui péter dans la tête, et elle disait toujours non mais
cette fois je savais bien ce que je faisais, je me sentais
solide et sûr de moi, la tête parfaitement dégagée, lucide, capable de faire face et de contrôler la situation,

et déjà je m'étais approché d'elle et je mettais ma main
sur son bras et elle ne se retirait pas et à travers le tissu
et à travers la peau je sentais ce tremblement ce fré-
missement de malade qui la secouait tout entière dans
ce qu'elle avait de plus profond et de plus blessé, comme
un infinitésimal dix-neuvième pouls que les médecins
de la vieille Chine eux-mêmes n'avaient même pas découvert, le pouls du désespoir, le grand méridien de
la désolation, cela se transmettait dans mes doigts, directement, comme un écho de murs qui se désagrègent,
plâtras et gravats tombant continûment de ce qui s'ef-
fritait dans sa maison de chair, ah oui c'était incontes-
table je reconnaissais cela — l'espace d'un éclair j'avais
revu cette bagarre affreuse dans une rue noire de la
tranquille Chambéry où nous avions fait halte un soir
alors que nous voyagions dans l'Europe il y avait ces
trois types à grands coups de poings et de couteaux le
sang qui pissait gouttes pressées sur les pavés le râle
de celui qui avait glissé le long du mur l'empoignade
frénétique des deux autres tandis que nous passions
et que de la main je la tenais par le bras pour éviter
qu'elle ne s'évanouisse dans cette horreur que nous
pouvions pour ainsi dire respirer et dans son bras il
y avait ce très lointain tremblement qui n'allait cesser
que tard dans la nuit quand elle se serait assoupie gavée
d'aspirines et de somnifères —, cela n'était pas perceptible à l'œil nu, non, cela ne ressemblait même
pas, au fond, à un tremblement physique : cela prove-
nait plutôt des abîmes d'elle, comme si dans son bras
j'avais senti les frissons noirs de son cœur, la douleur
pantelante qu'elle avait dans sa tête où venait de la
frapper comme un coup d'estoc la certitude absolue que
cela était arrivé, que son enfant était mort, mort loin
d'elle, qu'il avait été pour ainsi dire balayé de ce monde,
tandis que le temps se déroulait comme d'habitude,
tandis que la vie se poursuivait autour d'elle, tandis que
les heures achevaient de se ressembler et que la chaleur
émolliente du jour s'étalait sur la terre comme pour la

violer... Car elle n'avait rien su, rien senti alors même
que quelque chose d'absolument monstrueux se déroulait à l'autre bout de l'île, dans les noirceurs et les
grouillements de la rivière, et le soir venu elle ne savait
encore rien, un malaise peut-être, une inquiétude
dévorante, mais rien de plus, en fait elle commençait
comme d'habitude à les attendre, l'enfant et l'homme
maigre et ricaneur qui le lui ramenait infailliblement
tous les samedis soir (de sorte qu'elle pouvait compter
sur cela aussi, comme sur le retour des saisons, comme
sur la persistance et l'obstination de la vie elle-même),
et dans le brun du soir qui envahissait l'air elle s'était un
peu bercée sur le perron, seule et remplie des ululue-
ments de sa tête où elle n'arrivait pas à penser net, tout
alanguie, fatiguée de n'avoir rien fait et écoutant
distraitement battre son cœur trépidant dans l'humidité épaisse de cette soirée où les gens de la rue
veillaient eux aussi sur les perrons et les balcons, par
grappes assemblés autour des bouteilles de bière et des
cokes en attendant pour aller se coucher que les façades
de brique et le béton des trottoirs et l'asphalte de la rue
se soient vidés de la chaleur accumulée durant le jour...
Oui, tout le drame s'était joué à son insu et c'était là,
peut-être, en partie ce qui l'avait frappée et comme
offusquée lorsqu'elle avait compris que cela s'était fait
sans elle, que même pour cela ni les événements ni
personne n'avaient eu besoin d'elle, comme si la mort de
cet enfant ne l'avait pas vraiment concernée...

Et à présent j'avais son bras dans ma main et elle ne
cherchait plus à me repousser, elle avait cessé subitement toute résistance s'était rendue sans condition,
elle me regardait dans les yeux mais elle voyait autre
chose, puis nous marchions, c'est-à-dire qu'en trois ou
quatre pas nous entrions dans le salon, tandis que du
coin de l'œil je pouvais voir sa mère disparaître dans sa
chambre où, en geignant, elle s'étendrait sur son lit,
alors j'entrais avec Anne dans le salon et je la poussais

doucement vers le divan, et elle me regardait toujours
dans ma face sans ciller et je savais bien que sans même
le vouloir, sans effort, elle pouvait lire ce que j'avais
dans moi, ce que je n'arrivais pas à traduire avec des
mots, car bien sûr il y a inévitablement dans n'importe
quelle vie des circonstances qui ne passent pas dans les
paroles, et j'avais l'impression que cela aussi elle le
savait, maladive et par son mal pourvue d'antennes elle
savait, d'autres auraient dit télépathe mais c'était plus
et moins que cela, c'était autre chose, comme autrefois
dans les immémoriales époques des matriarches elle
pouvait lire tout ce qui bougeait sombrement dans
l'homme, elle venait de tout apprendre au moment
même où j'étais arrivé, je comprenais cela mais il fallait
tout de même que je le fasse, alors je me suis ressaisi et
j'ai dit *j'aimais mieux te le dire moi-même*, et elle ne faisait
rien pour m'aider, toujours ses yeux qui voyaient à
travers moi, perçaient mon crâne et lisaient mes
pensées avant même que j'aie trouvé les mots pour les
dire, et en détournant les yeux j'ai dit *tu dois bien te douter*
qu'il est arrivé quelque chose à, et bien sûr je ne pouvais pas
prononcer le nom, je pouvais à peine le penser, il me
semblait que son nom même était plus gros que son
corps et qu'il n'aurait pas passé dans ma gorge, il me
serait resté de travers dans le gosier et m'aurait étouffé
raide, et d'ailleurs je sentais quelque chose qui descendait de derrière mon visage et qui commençait à me
serrer la gorge et je sentais que je ne pourrais pas le dire
mais j'ai encore une fois ouvert la bouche parce qu'il le
fallait, mais soudain Anne a bougé, doucement, et sa
main était sur ma bouche je pouvais sentir sa peau
moite, puis elle était debout, je n'avais pas vu Anne se
lever mais elle était debout, cela s'était fait en quelque
sorte dans un seul et même mouvement, comme si tout
d'elle, comme si toute sa matière s'était instantanément
dissociée puis recomposée sans transition à des années-
lumière, car c'était bien ce qui nous séparait, maintenant plus que jamais, et elle était raide debout devant

moi et paraissait regarder au-delà des murs de la pièce,
moi je n'étais plus rien elle n'avait pas besoin que je
parle, elle ne voulait pas entendre cela de ma bouche,
non, surtout pas cela, et je la regardais et vu de dessous
son visage était tout transfiguré, et comme je me disais
je n'ai plus rien à faire ici dedans, j'ai voulu me lever,
alors elle a baissé les yeux vers moi et elle a dit *oui c'est ça
va le chercher* et elle a mis ses mains sur mes épaules et
elle souriait comme face humaine ne devrait jamais
sourire elle disait *je vous attends fais ça vite* comme autrefois avec le ton d'autrefois comme si réellement j'allais
tout bonnement me lever, sortir de cette maison et
retourner chez Tobie et y reprendre l'enfant pour le
ramener, et tout à coup je me suis dit elle n'a pas
compris oh non c'est épouvantable elle pense que, et
alors je me suis levé et je tenais dans mes mains sa taille
plate et souple qui se ployait vers l'arrière, elle éloignait
son visage du mien et elle souriait toujours comme un
mannequin de papier mâché dans une vitrine, *pas tout de
suite*, dit-elle, *plus tard quand vous reviendrez*, mais elle ne se
dégageait pas, elle attendait, et il a fallu que je prenne
encore une fois mon souffle pour dire *mais il est mort tu
comprends pas?* et elle souriait encore elle s'est serrée
contre moi ses grands ongles s'enfonçaient dans mes
épaules à travers ma chemise je l'entendais respirer très
fort comme le soir où elle avait accouché de cet enfant
et j'ai ajouté *il s'est noyé comprends-tu il s'est noyé!* cette fois
je criais ça me faisait mal dans la gorge parce qu'en
même temps j'avais envie de pleurer comme un enfant
perdu, alors elle a mis sa main sur ma joue, puis tout
doucement, avec une sorte d'application forcenée, elle
m'a labouré la joue avec ses griffes de folle, elle restait
blottie contre ma poitrine nous avions l'air de danser, et
tandis que la douleur me traversait la face je ne
bougeais pas, et pourtant je n'étais pas stoïque, non, pas
au-dessus de la situation, encore moins — mais, à tout
prendre, soulagé, comme si une partie de la pression
que je sentais dans mon crâne avait fui par cette

égratignure... et comme je saisissais son poignet, sans brusquerie, pour abaisser sa main et en finir avec cette situation complètement absurde, elle a reculé d'un ou deux pas, elle souriait toujours c'était comme une bouche de bois ou de plâtre clouée sur son visage éperdu, et elle a dit *tu lui mettras sa p'tite veste c'est humide*, puis elle a tournoyé sur elle-même en soulevant comme des jupes crinolines froufrous de bal les bords de sa chemise de nuit, et sa gorge renversée faisait un rire qui ressemblait à une toux et d'un seul coup elle a cessé de danser et elle est restée devant moi à me regarder attentivement dans les yeux comme pour y lire autre chose que je n'aurais pas dit, à ce moment elle ne souriait plus — un long moment on s'est tenus là, sans bouger, les yeux dans les yeux, nous observant de part et d'autre d'une frontière plus que jamais infranchissable, alors une dernière fois j'ai regardé sa face qui souriait de nouveau tandis que des chapelets de grosses larmes lui coulaient jusque dans le cou et allaient mouiller le tissu rose au-dessus de ses seins, puis elle s'est accrochée aux rideaux et elle disait d'une petite voix rauque que je ne lui connaissais pas *je vous attends dans la fenêtre je vous attends dans la fenêtre...*

Alors je suis sorti comme un fou dans le corridor je voulais fuir cela, mais la vieille était là, elle s'était relevée et elle attendait et écoutait juste devant la porte du salon, trémulante et grise, pitoyable fantôme dans l'éclairage maladif qui tombait de ce hideux plafonnier de plastique, et sans que je le veuille mais sans que je résiste elle a mis ses mains sur mes yeux sa peau était lisse et sèche comme celle des grandes mains de Tobie, puis je ne sais plus elle caressait mes cheveux et disait *voyons mais voyons donc* et elle essuyait mon égratignure avec son mouchoir et elle disait *vous êtes jeunes voyons donc vous êtes encore jeunes*, mais je ne l'écoutais plus je fonçais comme une brute vers la sortie.

Je ne me souvenais pas d'avoir refermé la porte ni
d'avoir descendu les deux marches de bois, mais j'étais
sur le trottoir et je sentais qu'Anne me regardait par la
fenêtre avec ses grands yeux perdus et son rictus
macabre, et je marchais sans savoir où j'allais, de toute
façon je n'allais nulle part, la voiture pouvait bien rester
là où elle était je n'avais pas envie de rentrer chez moi ni
où que ce fût, je ne savais pas quelle heure il était je ne
voulais pas regarder ma montre il devait être pas loin de
trois heures j'imagine, noir des avenues avec des blê-
missures de lampadaires, où je m'enfonçais tête baissée
comme pour fuir quelque chose, comme je m'étais
représenté autrefois le ténébreux Caïn sous l'œil du
Maître, marchant au hasard tandis que le petit vent de
nuit faisait son bruit dans les grands érables qui
ronflaient au-dessus de ma tête... Tout cela me paraissait à présent si peu réel, j'étais à vrai dire si bien dans la
nuit tiède qui passait sur ma face... j'avais l'impression
que cette folie furieuse qui traversait ma vie comme un
cyclone était totalement factice, que la mort avait
frappé comme d'habitude dans les parages de quelqu'un
d'autre et que je n'étais pas personnellement impliqué
dans l'affaire, et pourtant je sentais que la réaction
s'opérait en moi, sans que j'y puisse rien, comme dans
un corps qui ne m'aurait pas vraiment appartenu, et
cela me débordait brûlant par les yeux, je marchais en
suffoquant, hoquetant misérable, soudain gonflé de
trop gros sanglots qui sortaient mal de ce visage
habitué à porter son masque, qui étaient expulsés en
somme de tout mon corps et de toute mon âme, qui
siphonnaient le temps mauvais que j'avais vécu, que
j'évacuais avec des efforts démesurés, avec cette rage
du ventre qu'on a quand on vomit, et cela me secouait
de haut en bas je vacillais littéralement dans la lumière
froide des lampadaires, ivre, ah ivre mort de toute la
douleur que j'avais depuis si longtemps en moi et qui
avait enfin pris forme et liquide me sortait par la face et
ruisselait dans ma barbe et je me disais pourvu que

personne ne passe pourvu qu'à cette heure il n'y ait
personne sur la rue, car je n'arrivais pas à arrêter cela, il
faudrait que la crise fasse son temps et alors ça passerait tout seul, et je marchais toujours, je savais que
dans cet état j'aurais été incapable de conduire la voiture, avant de faire quoi que ce fût j'allais devoir laisser
mon mal couler de moi, après et après seulement je
me sentirais libéré, pas apaisé, pas rasséréné, mais au
moins vidé et drainé de toute force et de toute velléité
de résistance, faible comme un nouveau-né, il fallait
que je m'amollisse suffisamment pour prendre la forme
que le sort voulait me donner, du moins pour le
moment, car la résistance viendrait, reviendrait plus
tard, et dans un coin lucide de ma tête je me sentais —
c'est-à-dire que plus tard je compris que je m'étais senti
— abandonné et atrocement seul dans la nuit hostile,
exactement comme une trentaine d'années auparavant
j'avais sangloté de solitude et de terreur sur les chemins
ténébreux de Saint-Eustache, perdu et haï par toutes
les puissances inconjurables de la nuit, ah oui je me
sentais exactement comme je m'étais senti, transpercé
par le chagrin indicible d'avoir été abandonné par ma
mère qui était à tout jamais disparue dans sa boîte de
chêne avec sa face de cire et par mon père qui m'avait
laissé à Saint-Eustache chez ma tante Estelle et s'était
enfui dans le noir comme un malfaiteur et avait sauté
dans le premier train pour rentrer au plus vite à
Montréal forniquer en paix avec sa garce à larges
cuisses, oui c'était tout à fait comme autrefois, et je me
disais non non rien ne change jamais c'est le grand
cycle, l'ouroboros de l'éternité, le chien qui court après
sa queue, la bande de Moebius de l'absurde, il y avait
quasiment de quoi tout plaquer là et abdiquer une fois
pour toutes devant l'irréversibilité, la permanence de
l'échec et de la solitude en fin de circuit, et je tâchais de
mettre bout à bout les morceaux de ma vie pour en faire
au moins quelque chose d'un peu regardable, comprendre peut-être, mais non, même pas, car en réalité je ne

pouvais pas raisonner beaucoup mieux que l'enfant
perdu dans une nuit semblable, au bout d'un chemi-
nement de trente ans qui venait de se refermer sur lui-
même, comme si les deux situations n'avaient constitué
qu'une seule et même réalité, comme si cette nuit
d'août prolongeait directement l'autre, et j'avais beau
rationaliser dans ma tête d'adulte, je ne comprenais
qu'une chose, que l'abandon était plus irrémédiable que
jamais, Anne irrécupérablement ravagée par son mal et
mon fils mort, tout bêtement cela, des choses qui
pouvaient arriver à n'importe qui mais qui aujourd'hui
s'abattaient sur moi, et je ne trouvais plus au fond de
moi des réserves de forces suffisantes pour m'aider à
surmonter cette situation.

À présent, je n'avais plus cette pression insupportable derrière les yeux. J'avais passé à travers l'étape
animale du chagrin. Il me faudrait encore des années de
rumination pour consommer entièrement cette forme
spéciale de solitude morale qu'on pourrait aussi bien
appeler l'Ennui — le dégoût de tout je disais —, car si en
apparence les choses s'étaient tassées avec le temps (on
a heureusement bien autre chose à faire dans la vie que
de pleurer ses disparus), si ma vie avait commencé à
tourner dans un autre sens, si je m'étais reconquis dans
le mensonge de mes écritures à tel point que j'aurais pu
me croire et me dire parfaitement guéri, en fait toute
une section de ma vie s'était arrêtée là, ce soir d'août, et
s'était pétrifiée autour de l'image de moi Alain debout
au bord de la rivière pendant que le ciel de soir
s'ensanglantait puis s'effaçait derrière l'horizon, c'était
en réalité comme une charge écrasante que j'aurais
portée sur mon dos et qui m'aurait empêché d'avancer
aussi vite que je l'aurais dû, une sorte de rouille dans
mes rouages intimes...

Et tandis que je remontais l'avenue, il y eut un coup
de vent qui me fit frissonner, puis je tournai à l'inter-
section et je levai les yeux. Devant moi c'était l'est,

l'enfilade des immeubles de la rue Sherbrooke où se mouraient les lumières électriques de la nuit et où tremblaient les dernières buées, car là-bas tout au bout de la perspective, dans ce cadre figé de pierre et de béton, l'horizon avait commencé de blêmir et on sentait que dans un instant à peine le vieux machiniste allumerait ses spots en plein ciel, que le soleil ferait comme un coup de canon dans le fin bout du levant et que comme tous les jours depuis le grand début des jours toute la lumière nous serait redonnée et la chaleur et tous les bruits et les mouvements de la vie, et malgré moi je me disais c'est du beau temps, ça fait des années qu'on n'a pas eu un aussi bel été.

Montréal,
décembre 1979

Achevé d'imprimer
en septembre mil neuf cent quatre-vingt-un
sur les presses de l'Imprimerie Gagné Ltée
Louiseville - Montréal.
Imprimé au Canada